죽으려고 살기
를 그만두었다

KB065222

죽으려고 살기를 그만두었다

1판 1쇄 발행   2021년 2월 28일
1판 2쇄 발행   2021년 3월 31일

지은이   허새로미
편집   이두루
디자인   우유니

펴낸곳   봄알람
출판등록   2016년 7월 13일 2021-000006호
전자우편   we@baumealame.com
인스타그램   @baumealame
트위터   @baumealame
홈페이지   baumealame.com
ISBN   979-11-89623-05-0

죽으려고 살기
를 그만두었다

허새로미

봄알람

차례

6   들어가며

1부   혼자되기

23   혈육

26   조건 없는 사랑

30   딸의 등짝

34   고추에 바치는 공물

38   서른다섯 살 홈리스

40   혼자 영어 가르쳐요

43   이제 죽이 되든 밥이 되든 해야만 한다

48   난 선생인데

52   돈을 먼저 내세요

55   저절로 되는 건 없다

59   밖에서 돈 쓰지 마라

61   상처

64   무너짐

67   회복

70   우리가 하는 종류의 투항

73   파괴 없이 존재하는 방법

76   딸이라는 불완전한 인간

81   용서하지 않을 권리

84   닫히지 않는 문

88   용서하지 않는 일

92   혼자되기

2부   같이 살기

97   죽어가는 여자들과 로맨스

100   끈 떨어진 여자와 끈 떨어진 강아지

104   개모임

108   네 여자

112   대체 다른 여자들은 어떻게 사는데

116   남자의 운명에서 탈출하기

119   로맨스는 진화했을까

123   '유니콘남'의 조건

130   로맨스를 손절한다

132   혼자인 여자

136   혼자의 MBTI

138   쓸모를 증명하지 않는 관계에 대하여

140   골목 끝에 혼자 사는 미친 여자가 되지 않을 것이다

154   가족을 맞는 일

159   보내는 일

163   일주일짜리 향수병

171   확장하는 소우주

175   생존자를 세던 밤들

180   유난스러운 여자의 생존

184   죽을 생각으로 살기를 그만두다

189   비명으로 시작되는

194   거리 유지는 중요하다

199   딸들끼리 인간이 되어보자

202   나는 거대한 건축물을 바라보고 있다

204   나가며

들어가며

추석에 추리닝 차림으로 집을 뛰쳐나왔을 때 나는 서른 다섯 살이었다. 부동산 투자를 잘못해 자기 집에서 나와 10년이 넘게 하우스푸어로 살던 모부가 마침내 다시 자가에 살게 되어 기뻐하는 것이 나도 좋았던 가을이었다. 홍은동 언덕배기의 꼭대기에 올라앉은 깨끗하고 큰 아파트였다. 지하 주차장에는 페라리 컨버터블과 커스텀한 지프차가 주차되어 있었다. 넓은 거실의 건너편에는 저만치 내려다보이는 내부순환로에서 꼬리를 무는 자동차 불빛이 제법 운치 있는 뷰를 만들어냈고, 등 뒤로는 바로 백련산이라 공기가 맑고 한여름에도 서늘했다. 엄마는 넓은 새집의 구석구석을 쓸고 닦고 새로 페인트칠까지 하고 싶어했다. 색이 노랗게 바래는 벽지는 구질구질하고 싫다며 크림색 페인트로 모든 방의 벽과 몰딩과 천장까지를 깨끗하게 다시 칠하고 싶어했다. 새로 인생을 시작하듯 들뜬 엄마의 딸인 나는 평생을 모부의 집에서 살다가 이 년 좀 안 되는 동안 따로 살고 다시 가족에 합류한 상태였다. 왠지 엄마와 지붕을 공유하는 일이 오래갈 것 같았지 않았던 나는 되도록이면 엄마의 바람을 다 들어주고 싶었다. 아빠는 페인트칠을 제대로 하려면 사람을 불러야 하고 그러면 비싸다며 애초에 손사래를 쳤지만 엄마의 의지는 확고했다. 우리

셋이 삼 일이 걸리면 삼 일, 일주일 걸리면 일주일, 시간이야 얼마가 들든 되는 대로 천천히 칠하면 되지 않느냐는 거였다. 나는 온 집안을 새로 칠하자는 엄마의 주장을 강력하게 지원했고 추석 연휴 동안 아무데도 안나가고 돕겠다고 약속했다. 그리고 며칠 내내 정말 저녁에 잠깐 친구를 만나 맥주 마신 것을 빼고는 아침부터 저녁까지 고개가 아프게 칠을 도왔다. 페인트가 튀어도 되는 낡은 티셔츠와 무릎이 늘어난 트레이닝 바지를 입고 조그만 나무 벤치 위에 올라서서 하염없이 칠하는 날이 밝고 또 졌다. 시작할 때부터 입은 다물고 손을 재게 놀리자고 속으로 그렇게 다짐했건만 균열은 벌써 이틀째부터 시작되었다. 우리가 아마 예상하지 못한바는 아닐, 가족, 특히 엄마와 나의 관계에 항상 스릴러영화의 예고편처럼 거기 어딘가에 존재했던 힘겨루기, 고함과 비명, 말로 다 할 수 없는 감정들.

경기도의 위성도시에 방을 얻어 살고 있던 남동생이 명절을 맞아 돌아올 거라고 해서 엄마는 들떠 있었다. 엄마와 아들의 관계는 원래 특별한 거라고들 하지만 내엄마는 아들을 '영혼의 동반자' 같은 걸로 여겼다. 부계

와 얼굴부터 체형까지 닮은 나와는 달리 엄마의 무언갈 날 때부터 좀 더 많이 지닌, 내가 절대 이길 수 없는, 하늘이 점지해준 엄마의 사랑. 어릴 때부터 그랬다. 친척들이 모이는 어수선하고 왁자지껄한 명절을 치르고 집에 돌아오면 엄마는 문득 "너는 고모를 꼭 닮았다"거나 "허씨들이 지긋지긋하다"며 가만히 있는 나를 밀어냈다. 마치 집안에 절벽이 있고 절벽과 나의 사이가 무한히 0에 수렴할 때까지만 밀겠다는 듯이.

엄마의 승인과 사랑에 항상 목마른 채로 나는 자라났다. 엄마는 그런 사람이었다. 항상 나이보다 젊어 보이고, 날씬하고, 돋보이는 사람. 물건을 사러 가면 엄마는 항상 그냥 한번 보러 왔다는 듯이, 은혜를 베푼다는 듯이 마뜩잖게 가게를 둘러보곤 했다. 아주 맘에 드는 물건이라도 파는 사람 애가 닳도록 시간을 충분히 보낸 후에, 가까이 다가서야 들릴 정도로 "그걸로 줘요" 한마디 하는 사람이었다. 엄마는 누가 자기를 필요로 하면 단박에 알았다. 상대가 원하는 것을 절대 주지 않고 언제까지고 유예하는 법을 알았고 마침내 그걸 내줄 때는 지치지 않고 재차 자신의 관대함을 강조했다. 엄마는, 나와는 본질적으로 다른 사람이었고 항상 나를 좀 경멸하고 낯설어했다. 뻔히 자기 것인데도 말 한마디를 못 해서 뺏기거나 찾아오지 못하는 나를 엄마는 답답해했다. "빨리빨리 앞에 가서 저도 주세요, 하고 손 내밀란 말이야." 그렇게 등을 떠밀릴 때마다 발밑이 까마득했다. 엄마의 좌절이 느껴질 때마다 버려질 것만 같은 공포에 조급증이 났다. 좀 큰 후에는, 그러니까 돈을 벌 수 있게 된 후에는 엄마를 행복하게 해주려고 내가 가진 자원 중 가장 좋은 것들을 동원했다. "나가서 친구들에게 돈 쓰지 말아라" "집에서 키우는 개새끼한테 쏟는 정성의 반이라도 가족들에게 베풀어라"라며 사사건건 무언가를 질투하는 엄마를 만족하게 해주고 싶어 가용 자원 이상의 것을 소비하고 능력 밖의 일들을 약속했었다. 어릴 때는 서울대 법대에 가서 변호사가 되겠다고, 그게 뭔지도 모르면서 법대에 가서 누구에게나 자랑할 만한 딸이 되겠노라 선언했고 엄마는 나의 그런 결심을 기뻐했던 만큼 목표를 달성하지 못할 때마다 크게 실망했다. 나이를 먹으며 서울대에도 못 갔고 가문을 빛낼 무언가가 될 가망도 점점 사라져갔다. 남들이 부러워할 만한 이름이나 숫자를 지니지 못할 것이 확실시됨에 따라 그나마 내가 '버는 돈의 액수'로 엄마를 감동시키고 압도하고 싶은 마음이 정직하게 커져갔다. 가족들이 아무리 떨떠름한 얼굴을 하고 있어도 비싼 일식집을 예약하고 장어를 구워봤다. 펜션도 예약하고 해외여행도 갔다. 발리에 함께 갔다가 갑자기 속이 답답하다며 쓰러진 엄마가 앰뷸런스를 거부하고 "손을 따달라"고 해서 동남아의 이탈리안 레스토랑에 있을 리가 만무한 바늘이나 침을 찾아 이리저리 뛰기도 하고(결국 내 귀걸이의 침을 불에 달군 후에 손을 따주었다. 다행히 급체일 뿐 더욱 심각한 병의 전조 증상은 아니었다) 홍콩에 갔을 때는 2층 버스를 꼭 타고 싶었던 엄마의 청을 들어주고 싶어 무리하다 결국 돌아오는 비행기를 놓치기도 했다. 설거지나 방 청소는 엄마 마음에 꼭 들게 해놓지 못하는 딸이지만 장남처럼, 아들처럼, 사람 구실하는 자식처럼 엄마 어깨에 힘이 빡 들어가게 하는 그런 딸이고 싶었다. 나는 아들이고 싶었다.

새 집 페인트칠을 시작한 넷째 날 엄마와 나는 이미 사사건건 싸우고 있었다. 엄마와 집에 함께 갇혀 무언가를 하는 이 며칠 동안 참을 만큼 참았다는 생각이 울컥울컥 올라오는 중이었다. 추석 전날 밤 도착한 남동생은 회사에서 받은 명절 선물이며 여자친구가 줬다는 선물을 풀어놨고 엄마는 과장해 목소리를 높이며 감탄하고 기뻐했다. 혼자 시작한 사업을 어떻게든 유지해보려 애쓰던 중이라 오만 원짜리 한 장도 명절에 기여하지 못하고 있던 나였다. 아들 도착 전날 이미 함께 페인트를 칠하다가 "걔가 자기주장이 좀 있지 않니?"라고 운을 뗌으로써 귀한 아들의 여자친구 욕을 하고 싶어하길래 이미 한 번 싸운 뒤이기도 했다. 엄마는 그런 식으로 시누이가 될 나와의 유대를 강화하려, 혹은 예비 시어머니의 기세를 확인하려 했다. 특히 그런 대화에서 나는 아들이 가진 힘을 확인하기 위해 동원되는, 시자 붙는 여자의 권세를 과시하기 위한 액세서리였다. "걔가 별로 이쁘진 않아. 말은 사근사근하게 하더라. 근데 고집이 좀 세지 않니?" 엄마는 아들이 전한 '예비 며느리'의 선물을 받은 그날도 어김없이 흉을 보기 시작했고 당연히 나는 저녁 식탁에서의 도전장에 응했다. 나와 엄마는 또 언성을 높이며 싸웠다. 제 여자친구 흉을 보려고 엄마가 시동을 걸면 단호하게 제동을 걸지는 못할망정 맞장구를 치고 자빠져 있는 남동생도 한 대 치고 싶을 만큼 미웠다. 항상 나보다 공부를 못했고 항상 나보다 말을 안 들었는데도 엄마가 끝없이 기회를 주는, 아무것도 안 해도 사랑받는 그 아들. 학원에 다니기 싫어서 바닥에 엎어진 채 팔다리를 버둥거리며 발광했던,

나중에는 맞춤법이 틀린 쪽지를 남겨놓고 삼 일간 집을 나갔던 그 남동생. 내가 했더라면 죽기 직전까지 맞거나 미련 없이 버려졌을 일을 아무렇지도 않게 하던, 그러고도 자랑스런 아들이던 그 동생. 당연히 나의 패배였다. 밥상머리에서 다른 가족의 지원을 받아본 적이 단 한 번도 없는 나는 그날도 결국 할 말을 삼키며 내 방으로 퇴장했고, 어수선하고 외풍이 심하나 풀벌레 소리가 곧잘 들리던 익숙한 옛집의 내 방이 아닌 채 마르지 않은 페인트 냄새 풍기는 낯선 곳에서 악몽을 꾸며 잠들었다.

마침내 완전히 폭발한 것은 그다음 날이다. 아침부터 기운도 좋게 시비를 걸어온 엄마에 나중에 등장한 아빠까지 합세해 잠도 덜 깬 나를 몰아붙였고, 나는 군데군데 페인트 얼룩이 튄, 무릎이 나온 회색 추리닝 바지에 팔꿈치가 다 닳은 기모 잠옷 상의 차림으로 "네, 잘 사세요!"라고 배에서 나온 고함을 치고는 천가방 하나에 전화기와 신용카드만 넣어 뛰쳐나왔다. 추석날 아침이었다.

내가 집을 나오기 직전 아빠에게 들은, 최후의 버튼을 누른 마지막 한마디는 "너 피해의식 있다"였다. 나는 이 단어가 여자들에게 어떤 감정적 족쇄를 채우고 어떤 상처를 무효로 만드는지 책도 한 권 쓸 수 있다. '너에게 피해의식이 있다'는 건 피해를 지우는 말이다. 아주 흔하게 너 미쳤다는, 예민하다는, 별스럽다는, 까다롭다는 소리다. 그리고 그 내면을 파헤치면 '아무것도 되묻지 말고 아무것도 의심하지 말라'는 뜻의 말이다. 이 무서운 세상에 딸이 갈 곳이라고는 가족밖에는 없는데 가족을 의심하다니 너에게는 문제가 있다는 얘기다. 추석 아침 무작정 집을 뛰쳐나온 뒤 나는 책상 하나와 의자 하나가 놓인 작은 공유사무실의 돌바닥에 긴 목도리를 깔고 천가방을 베개 삼아 잤다. 그리고 그날부로 모든 것이, 늘 꿈꿨던 혹은 꿈꿔본 적조차 없었던 방식으로 변했다. 이 글은 내가 어떤 준비도 없이 덫과 같았던 원가족에 마침내 단절을 고하고 어떤 식으로 혼자가 되었는지, 진정한 의미로 혼자가 된 뒤에 원가족과의 관계를 어떻게 돌아볼 수 있게 되었는지 그리고 내게 덫이 아닐 수 있는 새로운 관계를 어떻게 만들어가게 되었는지의 이야기다.

언젠가 트위터에서 보았던 짧은 글인데, 뇌리에 강렬하게 박혔던 한마디가 있다. "딸의 성추행 폭로를 의심하는 엄마도 딸이 어릴 때 기저귀는 갈아주었다." 가족은 내가 늦도록 집에 들어오지 않으면 전화를 했다.

주로 내가 당할 범죄에 대해, 그래서 곤란해질 자신들의 입장에 대해 미리 화를 내면서였다. 가족은 내가 좋은 대학에 가길 바랐다. 어째서 "본전만큼 뽑지를 못하는가"에 대해 항상 큰 소리로 실망하면서였다. 가족은 내가 아름다워지길 바랐다. 나의 어디가 부족한지를 아주 어릴 때부터 반복해 들려주면서였다. 우물에 버리지 않고 키워주었으면 다야? 때려죽이지 않았으면 다냐고? 그렇게 소리치고 싶은 날이 하루 이틀이 아니었다. 오히려 그래서 더 가족에게 인정받는 데 집착했다. 가족들의 인정은 노력하면 얻어지는 거라 믿었다. 내가 객관적으로 그렇게 못난 애가 아닌데, 우리 가족이 객관적으로 그렇게 몰상식한 사람들이 아닌데. 기다리고 또 기다렸다. 실낱같은 희망이 보이면 거기에 매달렸다. 매달리고 또 매달렸다.

이제는 안다. 딸이 겪는 가족은 아들이 겪는 가족과는 다르다. 마치 같은 얼굴의 왼쪽과 오른쪽이 미묘하게 다른 것처럼, 그 미묘한 차이를 오래 바라보고 있으면 소름이 끼치는 것처럼. 그렇게 얻은 기억들은 극복하기 힘든 결절이 된다. 마땅한 내 것을 달라고 말하면서도 송구해하는 비굴한 인간이 되거나 파워 게임에 귀신같이 능한 학대자가 되기 딱 좋은 토양이다. 그러나 나는 나의 결핍이 곧 나라고 주장하지 않는다. 나의 피해를, 나의 슬픔을, 나의 역경을 고발하려고 이 글을 쓰는 것이 아니다. 한 발짝만 내디디면 돌이킬 수 없는 인생의 나락으로 떨어질 것 같았던 그때, 도박 빚을 진 것도 아니고 사람을 때린 적도 없건만 내 옷차림이나 성적 때문에 내 인생이 망할 것이라는 주문을 내가 가장 신뢰하는 사람들에게 매일같이 듣던 그때, 바로 그때 지금 내가 아는 것을 알았더라면 얼마나 덜 죽고 싶었을까.

　　가족이 하는 말을 곧이듣지 말아야 한다는 것을 알았더라면, 나를 겁주는 사람들을 믿지 말아야 한다는 것을 알았더라면, 나는 혼자서도 충분히 강하다는 것을 알았더라면 얼마나 오랜 세월을 불안에 떨지 않고 보낼 수 있었을까. 그 얘기를 딸들에게 하고 싶다. 원가족을 벗어나 김장철에 김치 얻을 데가 없고 명절에 전화할 데가 없어도 큰일 나지 않는다는 것을, 그런 종류의 외로움은 골백번도 이겨낼 수 있는 것이라고 꼭 말해주고 싶다. 나에게 책임이 있는 이들에게 책임을 요구하라. 책임의 이행을 요구하라. 사랑을 구걸하지 말라. 사랑을 인질로 잡은 어떤 관계도 나를 살리는 관계가 될 수는 없다. 그 밖에도 세상이 있다고, 훨씬 넓고 깊고 무섭고 가슴이 뛰는, 그리고 정말 생각보다는 친절한 진짜 세상이 있다고 말하고 싶다. 그것이 내가 이 책을 쓰는 이유다.

슈슈는 내가 "올리브 따던 고대 그리스 노예 같다"고 놀렸을 만큼 이상한 튜닉이 잘 어울리는 키가 크고 모델 같은 사람이다. 개를 산책시키다 깡마르고 날렵한 이탈리안 그레이하운드를 마주칠 때면 그도 "저기 나 지나간다" 한다. 스스로의 이미지를 아주 잘 인지하고 있는 것 같다. 모르는 사람에게 말 걸기를 주저하지 않고 SNS에서 화제인 것은 무엇이든 항상 사건의 발단과 전개, 관련 인물과 그 마무리까지를 모두 알고 있다. 우리는 옷을 사고 싶으면 슈슈에게 물어보고 승인을 받는다. 요즘 잘나가는 디저트 가게가 어디인지도 빅데이터 슈슈에게 물어본다. 누가 강아지 귀엽다고 다가오면 일단 뒷걸음질부터 치는 나와는 달리 지나가는 모르는 개에게 "너—무 귀엽다!"고 큰 소리로 말하며 개와 주인을 번갈아 쳐다볼 줄 아는 사람이다. 슈슈가 없었으면 지금의 '우리'는 없었을 것이다.

　　미미는 큼직한 이목구비에 얹힌 단발이 잘 어울리

는, 가만히 남의 얘기를 듣고 있다가 한마디씩 던지는 추임새가 너무 절묘해서 항상 배꼽을 잡게 하는 날카로운 관찰력의 요리사다. 허튼 돈을 쓰지 않고 남의 거짓말에 절대 속지 않는다는 점에서는 제일 어른 같아서 '우리'의 무게추라고도 할 수 있다. 부동산이나 주식 얘기는 주로 미미와 한다. 미미는 우리 셋 중 가장 먼저 전셋집을 얻어 이사했다. 제 여자친구인 고고와 다른 친구 하나까지 데리고. 매달 나오는 공과금과 대출 이자 따위를 n분의 1 해서 정확히 꼬박꼬박 청구하는, 나더러 하라면 죽은 척하고 나자빠질 그런 어른스러운 일을 미미가 한다. 너희 집 개 시끄러우니까 오늘 자고 가지 말라는 매정한 소리도 미미만 할 줄 안다.

　　고고는 미미의 여자친구인데, 친해지기도 어렵고 일단 힘들게 친해진 다음에도 자주 못 보면 금방 데면데면해지는 마법 같은 낯가림의 소유자다. 한들한들한 체형에 긴 생머리가 아주 잘 어울리는 고고는 화도 안 내고 짜증도 내지 않는다. 화를 내거나 짜증을 내게 만들 만한 사람과 애초에 가까워지기 싫어서 낯을 가리는 것 같다. 넷이 한방에 있으면 제일 불편한 의자나 그것도 아니면 방구석에 찌그러져 있다시피 하는 것이 고고다. 정신을 바짝 차리고 불러내지 않으면 항상 자동으로 어딘가 잘 안 보이고 불편한 곳에 가 있다. 수시로 무언가를 치우거나 닦고 있는 것도 고고다. 역시 계속 말려야 한다. 남자랑 사귀었으면 정말 골수까지 쪽쪽 빨렸을 타입이라며 안도의 한숨을 내쉬게 한다.

우리는 칠백세 개 세대가 들어찬 대단지 오피스텔의 디귿자가 만들어낸 안마당에서 처음 만났다. 우리가 그로부터 삼 년이 지난 후에도 함께 많은 시간을 보낼 줄은, 집을 넓혀가고 가족을 늘리고 새로운 직업을 얻거나 운전면허를 따는 와중에 서로에게 충실히 힘이 되는 존재가 되어줄 줄은 전혀 몰랐다. 상상도 못 했던 일이었다.

1부

혼자
되기

혈육

주양육자가 내게 가졌던 태도를 하나의 형용사로 표현
하자면 아마 '지나친'일 것이다. 지나치게 기대했고, 지
나치게 반응했고, 지나치게 실망하고, 지나치게 미워하
고, 또 지나치게 열광하는. 어린 시절 집 서재에 꽂혀 있
던 육아서 두 권은 『자식은 유태인처럼 키워라』와 『스
파르타 교육』이었다. 대체 유태인이 무엇이고 스파르
타는 무엇인지 궁금해서 여러 차례 책을 뽑아 읽기를
시도했기 때문에 아직도 제목만은 선명하게 기억하고
있다. 엄격하고 진지하게 자녀 교육에 임하라는 것이
골자였던 것 같은데 구체적인 내용은 이미 희미해진 지
오래고 새까맣고 번들번들하던 표지만 떠오른다.

　　엄마는 초등학교 시절부터 내가 뭔가를 틀리면 크

게 낙담했다. 학교 시험이든, 피아노 레슨에서의 손가락 놓는 자리든, TV를 보다가 무심히 물어보는 상식 질문이든. 내가 오답을 말하는 순간, 손끝이 엇나가는 순간, 혹은 질문에 답하기를 머뭇거리는 순간 우리가 즐겁게 하고 있던 모든 것이 취소되고 엄마는 문을 쾅 닫고 방에 들어갔다. 별일이 없어도 엄마의 땅이 꺼져라 내쉬는 한숨을 들으면 가슴이 철렁 내려앉았다. 초등학교 6학년 때 당시 망원동에서는 전례가 없던 대치동 과외 선생을 모셔다 단체로 중학교 입시를 준비시켰는데, 숙제로 푼 수학 문제를 반 넘게 틀린 것을 엄마가 보고는 거의 한 시간 동안 이를 악물고 나를 두들겨 팬 적이 있다. 머리통을 주먹으로 내리치고 뺨을 갈기고 발로 등을 걷어찼다. 그러면 나는 찬물로 세수를 하고 딸꾹질이 멈추지 않는 채로 과외 수업에 갔다. 아직도 생각하면 온몸이 저리다. 집을 나서면 골목의 담장 너머로 핀 단추장미 덩굴을 따라 걸으며 입속으로 노래를 불렀다. 아무 일도 없었다는 듯 다른 아이들과 수업을 받고 집에 다시 들어가는 길은 지옥 입구 같았다. 대문 앞에 서서 초인종을 채 누르지 못하고 오래오래 그 버튼을 바라만 보며 서 있었다.

이제 와 생각해보면 그건 순전히 엄마의 문제였을

것이다. 그의 인생 궤도 바로 그 지점에 나는 거기 있으면 안 되었다. 이상적인 세계였다면 누군가 나를 구조해야 맞았을 것이다. 그러나 이 세상은 하루가 멀다 하고 얻어맞는 아이에게 학대자가 제공하는 가정이 그나마 가장 안전한 물리적 공간이 아니라고 단언해줄 수 없는 이상한 곳이고, 나는 어쨌든 울고 맞고 때로는 소리치고 대들고 다 죽여버릴까 아니면 죽어버릴까 고민하며, 무릎에 고개를 파묻은 채 지새우는 밤들을 지나 살아남았다.

너네 엄마 아빠 덕에 네가 이만큼 책을 읽고 공부를 하고 건강하고, 너희 부모가 얼마나 발을 동동 구르며 뭘 해다 줬는지 아니, 애를 쓰고 피를 말렸는 줄을 아니…… 같은 주변의 말도 신물이 나게 들었다. 모두 내 몸의 피멍을 외면한 사람들이었다. 학대가 무언지 죽을 때까지 이해하지 못할 사람들이었다.

혼자되기

조건
없는
사랑

인간이 지구상에 지금의 형태로 존재한 지는 채 오백만 년이 안 되었다. 우리는 침팬지와 유전자상으로 극히 유사하다. 침팬지와 헤어진 후 두개골이 이렇게 커진 것이 먼저인지 직립하기 시작한 것이 먼저인지 손을 사용하기 시작한 것이 먼저인지는 아무도 모른다고 한다. 아마 거의 동시에 모든 것이 시작되었을 거라고 한다. 인간은 직립 보행을 하며 자유로워진 손으로 도구를 사용했고 이로 인해 폭발적으로 커진 뇌의 용량 때문에 이미 두개골이 발달한 상태로 어미의 산도를 통과하는 출생 과정을 필연적으로 거치게 되었다. 모체에게는 죽음과도 같은 고통을 동반하는 경험이며 회복도 느리다. 태어난 개체는 십수 개월이 지나기까지 걷지도 못하고 똥오줌도 못 가린다. 인간이 자라 자기 먹을 것을 스스로 찾아오기까지는 선사시대에도 7~8년은 걸렸을 것으로 추정되며 지구상의 많은 국가에서 산업화가 완료된 21세기에는 출생 후 20년이 지나도 밥벌이를 못 하는 일이 허다하다. 그 20년 동안에는 경쟁력을 갖추고 동족 집단에서 비교 우위를 점한 상태를 유지하기 위해 각종 교육비가, 인력이, 사회자본이, 무엇보다도 주양육자인 친모의 삶이 대부분 투입된다. 지구상에 남은 가장 거대한 포유류 집단 중 하나인 인간의 재생산은 이렇게 길고 비싼 과정이 되었다.

　　우리의 창조자들이자 양육자들은 이것을 알았을까? 아마 어렴풋이 알았을 것이다. 인간을 하나 만들어서 기른다는 것이 무지개가 걸린 꽃밭을 노니는 일이 아니라는 것쯤은 당연히 알았을 것이다. 그러나 자식들이 살아갈 완전히 다른 시대의 압도적인, 무심한 속도감과 그저 한개 인간으로서 행복하게 살기에는 불필요할 정도의 교육과 정보량에 따른 의식화 그리고 거기 자연히 딸려오는 좌절과 무력감과 우울은 아마 계산에 넣지 않았을 것이다. 현대 교육은 불행히도 효율적인 소시오패스 배출 코스와 양심적인 문명인 양성 코스를 완벽하게 분리하는 방법을 찾지 못했다. 모두가 약간씩 분열된 상태로 대학을 졸업한다. 비싼 돈 들여 먹여놓았더니, 공부 시켜놨더니, 운동 보내놨더니, 도대체가 투입한 만큼 산출하지 못하는 저 미지의 인간을 향해 불쑥불쑥 솟아오르는 증오 감정을 양육자들은 헤아려보지 않았을 것이다. 자식을 미워한 이후에 느끼는 죄책감과 또 반발심처럼 솟아오르는 끈적하고 어두운 종류의 애정에 대해서도 마치 영화관에서 스크린을 통해 보는, 돌아버린 외국인 엄마만큼 자신들과 먼 이야기라 생각했을 것이다. 애초 가족계획을 세우기 전에, 투입하되 거둬들이지 못한 만큼 가엾고 허무해지는 그들 자신의 인생과 자식 사이에 어떻게 거리를 유지해야 하는지를, 아파트 사기 전에 대출 이자 계산해보는 정도만큼의 진지함으로도 염려해보지 않았을 것이다.

실제로 많은 사람이 있지도 않은 며느리나 사위에 손자까지를 끼워넣은 가족사진을 상상하고 그 안에서 재생산에 성공한 당당한 자신의 미소를 상상한다. 그렇게 마치 남들도 다 가졌다는 집이나 차처럼 가족을 갈망한다. 내가 아직 도달하지 못한 미래에 반드시 있을, 당연하다는 듯이 약속받은 그 가족을.

물론 세상에는 조건 없는 사랑이 존재한다. 이만큼의 세월 동안 얼마큼을 내가 주었으니 이제부터는 돌려

받아야 한다는, 그게 아니라면 감사하고 황송해하는 모습을 보여달라는 그런 종류의 조건부 사랑이 아니라, 네가 거기 있는 것을 확인함으로써 내가 여기 있는 것을 확인한다는 유의 사랑이 아니라 그저 사랑하는 것이 목적인 사랑도 있다. 그러나 조건 없는 사랑은 조건이 없기 때문에 혈연을 조건으로 삼지 않는다. 너는 내가 세상에 존재했다는 증거이므로 무언가를 증명함으로써 살아 있는 값을 하라는 치졸한 욕망을 투사하는 것을 조건 없는 사랑이라 부르지 않는다. 조건 없는 사랑은 사실 혈연관계에 제한되는 사랑과 가장 거리가 먼 사랑이다. 우리가 인생의 가장 험난한 계곡에서 난데없이 신의 자비를 갈구하듯이, 갑자기 맥락 없이 신이 우리를 사랑하기를 바라듯이, 조건 없는 사랑은 상대가 나와 얼마나 DNA를 공유했나를 따지는 것과는 많이 다른 무언가이다.

가족에 대한 사랑은 자기애와 겹칠 수밖에 없다. 혈육에 대한 애정을 다른 거룩한 것으로 포장해서는 안 된다. 그 터무니없는 기대에 다치는 것이 자신이기 때문이다.

딸의
등짝

한국 드라마에는 유독 딸을 대놓고 타박하는 엄마가 많이 등장한다. 격무와 스트레스에 시달리던 딸이 회사를 그만두었다는 소식을 듣자마자 먹던 수박을 딸에게서 낚아채가는 엄마(드라마 「은주의 방」)가 마치 정겨운 소시민적 모성의 전형인 것처럼 아무렇지도 않게 묘사된다. 삼십대 중반의 딸 방에 노크도 없이 벌컥벌컥 문을 열고 쳐들어가 잔인한 말을 속사포처럼 쏟아내는 엄마(드라마 「밥 잘 사주는 예쁜 누나」)는 말할 것도 없다. 다 큰 딸은 중학생 아들에게 주어질 법한 대사("아나가라고!")로 버럭 역정을 낼 수조차 없다. 아들이라면 껌벅 죽어 간이라도 빼줄 것처럼 구는 전혀 다른 모성이 앞의 엄마와 동일인의 것인 경우도 허다하다. 똑같이 아침을 못 먹고 출근하는데 누나는 등짝을 맞으며 빨리 시집가라는 소리를 듣고 연달아 현관을 나서는 아들은 빈속으로 출근하는 게 안쓰러워 죽겠다는 식의 어리둥절한 대비가 아무렇지도 않게 비쳐진다. 엄마를 끔찍이 위하며 그를 위해 목에 핏대 올리며 맞서 싸워주는 딸 캐릭터 역시 너무도 많다. 대단한 불균형이 아닐 수 없다. 드라마가 현실을 반영하는지 아니면 견인하는지 몰라도 '캐주얼하게 학대받는' 그룹이 널리 딸 집단으로 묘사되는 게으른 사회에서 실제 딸들이 어떤 취급을 받는지 상상하기는 어려운 일이 아니다. 염려를 빙자하여 가하는 언어 학대를 일상화하는 것은 사실 한국의 유구한 전통이기도 하다.

그리고 나는 그런 드라마 속의 딸이었다. 나의 엄마는 그런 드라마 속의 엄마였다. 그는 딸이 집에 있으면 있는 대로 보기 싫고 안 들어오면 안 들어오는 대로 화가 치솟는 것 같았다. 그런 애증의 대상으로 집 안에 있든 밖에 있든 몸둘 바를 몰라야 하는 존재로 살기는 매일매일을 조금씩 갉아먹는 일이었다. 시간 낭비, 에너지 낭비, 그와 나의 인생의 낭비였다. 엄마 눈에서 비껴 있을 방법을 찾느라, 조금이라도 인정받고 사랑받을 좀스럽고 구차하고 때로는 유난스러운 방법을 강구

혼자되기

하느라 신경이 항상 조금씩은 딴 데 흩어져 있는, 그런 어려운 일이었다. 엄마는 내가 무언가를 사다 나른다고 화를 내고 내가 돈이 없다고 또 화를 내다가 잠시 후면 내 방에 노크도 없이 들어와 새 옷을 입어보고 나와 자신의 핏을 비교하고 웃다가 짜증을 내다가 다시 나가서 설거지를 하며 무어라 무어라 역정을 냈다. 화가 난 이유는 그때그때 달랐지만 보통 원인은 이미 어쩔 수 없는 일이나 말해봐야 소용없는 일이었다. 내가 엄마를 행복하게 해주기 위해 바꿀 수 있는 게 거의 없었다.

그는 내가 주말에 늦게 일어나는 게 영 보기 싫고, 지난밤에 늦게 잤을 게 뻔하여 화가 나고, 게으르고 멍하게 시간 보내는 것이 미워 언제 일어나나 시계를 보는 사이에 분노를 순조롭게 채워, 결국 내가 일어났을 때 불벼락이 떨어지는 식의 일은 엄마와 나의 평생 동안 일어났다. 내 입장에서는 아주 어릴 때부터 지속된 불면 성향을 나도 어쩔 수 없으니 피차 서로가 언제 잠드는지 모르면 좋을 것을, 전전긍긍하며 언제 저 방에 불이 꺼지나, 언제 일어나 방에서 기어나오나 촉각을 곤두세우고 있는 엄마가 불편하고 좌절스러웠다. 의식은 이미 다 깨었지만 엄마가 볼일 때문에 집을 떠날 때까지 잠든 척했던 주말 아침은 셀 수도 없다. 그러니 일요일 오후 두 시까지 자고 있는 남동생 방에 엄마가 호텔 룸서비스처럼 쟁반에 받친 아침 식사를 대령하며 "먹고 또 자라"고 할 때 내장이 뒤틀리는 건 자연스러운 일이었다. 나를 위해서는 얼마든지 준비된 미워할 이유가 남동생에게는 하나도 없었다. 공부를 못하면 못해서 안쓰럽고 술에 만취해 집에 와 토한 기억을 못 하면 걱정스러울 뿐이고 무언가를 잘하면 가슴이 터져나가도록 자랑스러운, 저거야말로 진짜 자식이다 싶었다.

혼자되기

고추에
바치는
공물

아들의 집밥에 대한 그리움이란 얼마나 단단하고 평온한 것일지 상상해본다. 식탁이나 저녁상의 자기 자리를, 자기 발언권을, 혹은 자기의 음식에 대한 권리를 기각당하거나 미리 양보해야 한다는 염려를 조금도 하지 않고, 모자란 반찬이 있거나 누군가 음식을 흘렸을 때에 식사하다 말고 일어나야 한다는 지각이 전혀 없이, 아무 말이나 해도 혹은 아무 질문에도 대답하지 않아도 되고 그저 음식에 집중할 수 있는 자가 누릴 온전한 감각. 그런 상태에서 누릴 맛과 냄새 그리고 위장이 채워지는 행복감. 그는 자기 바로 옆에 앉은 누이와는 딴판으로 다른 식사를 매일 했는지도 모르는 일이다. 세상의 아들들이 제 손으로 마늘 한 번 까보지 않고 집밥 집밥 노래를 부르는 데엔 이유가 있다. 상상력을 동원하니 어렴풋이나마 이해가 된다. 그리고 그 옆에서 언제나 할 일이 생기면 재빨리 일어나야 했던, 혹은 신경 안 쓰는 척 앉아서 버텨보지만 뒷덜미가 따가웠던 딸들에게 혼자 먹는 밥이 왜 그렇게 편안했는지도 이해할 일이다. 남자들이 혼자 먹는 밥에 난리 법석을 떨며 스스로를 가여워하고 집밥이 사람 살린다며 가당찮은 공치사를 해댈 때 한 번도 공감한 적이 없다. 그들에게 집밥은 그저 한 끼 식사가 아니고 커뮤니티가 고추 달린 존재에게 주는 승인을 재차 수확해가는 자리인 것이다.

　딸인 나에게 가족이 모두 모인 식탁은 그야말로 지뢰밭이었다. 집을 뛰쳐나왔던 추석 연휴의 마지막 저녁 식탁에서 나는 남동생의 여자친구 흉을 보는 엄마에게 응전했다. 나는 한 번도 남동생을 좋아하거나 그와 협력해본 적이 없었다. 그 역시 나를 누이로 대접한 적이 단 한 번도 없었다. 어린 시절부터 그는 엄마와 서로 끌어당기는 자석인 양 편을 먹어 나를 끌어내릴 때 외에는 나에게 말 한마디 붙여본 적이 없다. 나는 나와 비극적 혈연으로 얽힌 그 다 자란 남자 편을 드느니 얼굴도 모르는 그의 여자친구 편에 설 각오가 얼마든 있었다. 그가 단지 여자라는 이유만으로 나는 물에 빠진 그

혼자되기

를 먼저 건질 것이라고, 누가 물어봤다면 대답했을 것이다. 나는 내 보기에 꼴 같지도 않은 아들 가진 벼슬을 하려고 시동 거는 엄마 옆에 붙어 "그래 걔가 고집이 좀 있더라" 운운하며 천년 묵은 시누이 노릇에 심취하느니 아들모부가 모인 명절의 집구석에 아무도 못 들어오도록, 그래서 아무도 희생당하지 않도록 바퀴벌레 연막탄을 치리라고 맹세한 사람이었다.

제대로 풀릴 리 없는 싸움 끝에 방에 들어와 낯선 밤을 뒤척이고 그 아침이 밝았다. 사람을 긁어놨으면 좀 회복할 시간을 주어야 할 텐데 또 그새를 못 참고 동정을 살피거나 항복을 얻어내야 직성이 풀리는 엄마의 성격대로 아침부터 갑자기 깎은 사과 접시를 들고 노크도 없이 내 방에 쳐들어올 때 파국은 예견되어 있었다. 나는 사과를 먹기 싫었다. 이 사과가 '너 괜찮지? 괜찮잖아. 괜찮다고 말해. 너에게 침묵을 고수할 정도의 권위가 있다고 인정할 수 없어. 빨리 다 잊었다고 말해'를 강요하기 위한 일종의 은유라는 것을 나는 질리도록 겪어 이미 알고 있었다. 나는 엄마가 맨질맨질하게 깎아 온 사과 한 쪽을 끝내 거절했고, 언성이 높아지고, 결국 아빠까지 내 방으로 들어오고, 새 집의 어수선함과 청하지도 않은 방 청소와 그것이 동반하는 강요된 개방감

에 나의 좌절과 분노는 고조되었고, 아빠가 "너 피해의
식 있다"고 말하는 순간 나는 폭발했다. 그렇게 나는 집
을 떠났다.

서른다섯 살
홈리스

뛰쳐나온 첫날 밤엔 당시 한 달에 33만 원을 내고 입주해 있었던 공유사무실에서 잤다. 싼 에어비앤비 방이라도 잡아볼 수 있었겠지만 첫째는 돈이 없었고 둘째로는 도저히 어디 가서 사람을 마주할 기분이 아니었다. 추울 때가 아니고 추석 연휴라 마침 아무도 없는 것을 천운이라 여기며 돌바닥에서 잤다. 밤에 잠깐 경비아저씨가 올라오긴 했지만 이 대명절에 설마 바닥에 누가 자고 있을까, 불 꺼진 사무실을 일일이 돌진 않았다. 다음날 인터넷을 뒤져 일박에 삼만 원이면 잘 수 있는 그런대로 안전한 게스트하우스에 체크인했다. 이전 같았으면 가족들을 피해 가끔 혼자가 되어 이런저런 글도 끄적이고 근처 맛집에도 가보는 해방감을 누렸겠지만 그

날은 아니었다. 침대에 걸터앉으면 정면으로 보이는, 벽에 걸린 전신 거울 속 내 얼굴이 을씨년스러웠다. 당시 나는 독립할 준비가 전혀 안 되어 있었다. 새로 시작한 사업 같지도 않은 작은 강의로는 정말 현상 유지만할 수 있었고 20대에 그나마 모아두었던 종잣돈은 유학에 깨끗이 들이붓고 난 때였다. 유학을 마치고 바로 재취업했지만 그렇게 번 돈도 물가 비싼 뉴욕에서 버티느라 엄마에게 꾸었던 삼천만 원을 홀가분히 갚고 나니아무것도 없었다.

당시 나는 강의 계획을 세우고 사람들을 만나고 집들이 선물을 사며 멀쩡한 사람 역할을 겨우겨우 해내고있었지만 해가 떨어지면 또 죽고 싶었고 술을 많이 마셨다. 맨정신으로는 살기가 버거웠고 특히 사람을 견딜수 없었다. 결혼에 대한 열망도 결혼하지 않을 각오도없었다. 정착하기도 싫었고 떠날 곳을 몰랐다. 오늘 안죽고 버텼으니 내일도 죽지는 말자는 정도의 계획이 있었다. 가족은 내게 정서적인 지원을 해준 적이 없었고친구들은 모두 결혼해서 동네를 떠났다. 이런 식으로집을 뛰쳐나오기에 나는 정말 준비가 안 되어 있었다.

혼자
영어
가르쳐요

집을 나왔던 가을 내 통장에는 백만 원도 없었다. 대신 '사업을 시작했다'는 자부심과 근거 없는 희망만을 가슴속에 비 갠 하늘처럼 충만하게 갖고 있었다. 물론 월급 꼬박꼬박 나오던 학원을 그만두고 방물장수처럼 지식을 팔러 돌아다니는 프리랜서가 되기까지는 몇 년에 걸친 고민이 있었다. 하지만 안 그래도 수면 부족에, 아동 학대에 가까운 학습량을 소화해야 하는 중학생들을 토플 지문으로 괴롭히는 것이 항상 마음에 걸렸고 유학까지 가서 배운 새로운 티칭 방법을 실험해보고도 싶었다. 그러다 퇴사를 결심하게 한 결정적인 한 방은 학원 원장이었다. 대머리 남자 강사가 최고반을 가르칠 때에는 대표강사 직함을 주고 연봉에 달하는 인센티브를 턱

턱 안기더니 수년이 지나 내가 최고반을 가르치게 되자 "여선생들은 아무래도 책임감이 남자들보다 덜해서" 운운하며 작은 학원에 직함이 중요하냐며 알파벳 순으로 클래스 이름을 재정렬하고 연봉을 고정해버렸다. 뿐일까, 내 일이 아이들을 위한 길이 맞는 걸까 나름 고뇌하면서도 일 열심히 해서 애들을 이름 있는 국제고나 외고에 보내놨더니 면접 준비는 자기가 했다며 공을 홀랑 가로채버렸다. 지금에 와서는 누가 "왜 혼자 가르치기 시작했냐"고 물으면 "나만 할 수 있는 무언가를 하고 싶었다"고 대답하지만 당시에 나를 정말 그만두게 만든 마지막 버튼은 모욕감과 좌절과 배신감이었다.

　퇴사한 바로 다음 날 발리행 비행기를 탔다. 아직도 감정의 튜닝을 알코올에 맡기던 시절의 나는 동이 트기도 전 출발하는 리무진에 타기 전에 편의점에서 위스키 작은 병을 하나 샀다. 등받이에 체중을 던지고 곤히 잠들어 있던 다른 승객들 가운데서 나만 알딸딸한 취기와 흥분에 들떠 있었다. 결정을 내리기까지 혼자 온갖 괴로움과 걱정에 몸부림치느라 스스로를 지옥에 몰아넣는 것도 나였고, 결정이 난 후에는 절대 돌아보지 않을뿐더러 내 이전 인생에 뭐가 있었는지를 까맣게 잊어버리기까지 하는 것도 나였다. 이제 나는 앞으로

혼자되기

무얼 할지, 오늘 뭘 먹을지, 오늘 오후에 어딜 가볼지, 저 사람에게 어떻게 말을 걸지에 대해서만 생각할 거였다. 언제든 다시 시작할 수 있다는 증거를 스스로에게 보이고 싶었다.

그리고 한 달의 여행에서 돌아와 나는 걱정을 그만두고 지금 할 수 있는 걸 지금 해보는 데에 온정신을 쏟기로 결정했다.

이제
죽이 되든 밥이 되든
해야만 한다

2016년 여름은 정말 더웠다. 한낮에 소나기가 내린 후의 버스 정류장에서 버스를 기다리고 있으면 아스팔트에서 하얀 수증기가 신에게 바치는 훈증처럼 기화하는 게 눈에 보이곤 했다. 5월 말부터 30도를 넘나들던 평균 기온이 7월이 되자 못 박은 것처럼 35도 근처에서 머물며 사람들의 밤잠을 설치게 했다. 강원도 깊숙한 산속에조차 여름 가뭄을 동반한 살인적인 더위가 찾아오고 남쪽에서는 주차된 차의 달구어진 후드 위에서 계란이 반숙으로 익더라고 연이어 끈적한 뉴스가 쏟아지던, 정말이지 기록적인 폭염의 여름이었다.

　그해 여름에 나는 일주일에 세 번씩 신촌에 갔다. 집을 나서기 전에 찬물로 샤워를 한 다음 체온이 올라

가지 않도록 들숨 날숨마저 조심하며 외출 준비를 마치고, 랩톱컴퓨터 가방을 걸머지고 버스를 탔다. 봄부터 시작한 영어 수업을 가르치기 위해서였다. 그 여름 나는 화장실 냄새가 회의실 안까지 은은하게 퍼지던 신촌의 한 스터디 카페에서 강의를 시작했다. 수업은 일주일에 단 세 번이었다. 첫 수업은 무료니까 편하게 와서 들어보라고 트위터에 공지를 올리며 이제는 죽이 되든 밥이 되든 해야만 한다고 생각했다. 더 이상 머릿속에서 이렇게 해봐도 좋겠지? 저렇게 하는 건 어떨까? 공상만으로 끝나는 일이 아니었다. 이미 체계를 갖춘 시설 안에서, 어쨌든 앞으로 90분은 나를 참아줄 사람들이 강의실에 앉아 있고 일찍 온 사람들이 쉴 만한 로비가 있으며 돈을 내라고 대신 말해줄 접수 직원이 있던 그런 환경으로부터 완전히 분리되어 모든 걸 혼자 해야 했다.

사실 신촌에 무료 클래스를 열기 이전, 아직은 다 버리고 일을 벌일 용기가 없어 일주일에 3일 정도 남의 밑에서 강의하며 암중모색을 해보려던 계획도 가지고 있었다. 그러나 이런 생각 역시 강남의 한 중년 남자 학원장을 만나면서 깨끗하게 사라졌다.

강사 구인 사이트에 이력서를 올렸더니 바로 다음

날 전화로 연락이 와서는 지금 당장 면접을 보자고 한 곳이었다. 이번 주말이나 하다못해 내일로라도 편의를 봐줄 수 없냐고 물으니 안 된다고 했다. 오늘 안 오면 면접을 보지 않겠다고 했다. 장대비가 오던 날 예의를 갖추느라 입고 간 정장 재킷이 흠뻑 젖은 내게 다짜고짜 수능 지문 하나를 주고는 아무거나 가르쳐보라고 하는데 응한 것부터가 이미 그쪽의 수작에 휘말려 들어가고 있었다. 분사구문에 대해 설명을 시작한 지 2분은 되었을까, 작달막한 체구에 충충한 남색 반팔 티를 입은 중년의 원장은 무례하게 내 말을 끊고는 내가 잘못 알고 있는 게 많다며 "내가 면접 본 강사가 천 명이 넘는다, 너에게 가능성은 있으나 아직 내 학원에서 일하기는 모자라다" 했다. 사방 벽에 자잘한 경고와 지침과 알록달록한 광고가 쉼 없이 붙어 있던 그 번다한 3층 건물을 나와 아직도 비가 오는 횡단보도에 선 나를 괴롭힌 것은 그의 무례함이나 고자세가 아니었다. '잘 다니던 직장 그만두고 내가 뭐 하는 건가'라는 식의 자기연민도 아니었다. 그가 지적한 내용이 '완전히 틀린 말'이라는 걸 그제서야 깨달은 탓이었다. 분사구문이 능동인지 수동인지, 해당 동사가 자동사인지 타동사인지도 모르는 주제에 나에게 이딴 지딴 시비를 걸었던 것이다. 그리

혼자되기

고 나는 잠시나마 그 말을 믿었던 거다. 만남부터 면접까지 제대로 준비할 시간도 주지 않고 몰아친 다음 남의 강의를 뚝 끊고 훈수 두는 태도에 질려 나도 모르게 그의 말이 맞고 내가 지문을 잘못 읽었다고 생각한 거다. 열두어 줄 되던 지문을 모두 외우지는 않았지만 내가 설명을 마친 부분까지는 문장을 외웠는데, 횡단보도 앞에 선 채로 곱씹어보니 내 해석이 옳고 그는 형편없이 틀렸던 것이다.

내게 아무리 경력이 많고 자격증이 있고 학위를 땄어도 자기 소굴로 불러와 가스라이팅하는 늙은 남자에게 속는 것이 이렇게 순식간이구나, 누가 길 저편에서 레이저를 쏜 듯 깨달음을 얻은 순간이기도 했다. 초록불이 켜져도 건널 수가 없었던 그 횡단보도에서 나는 결심했다. 어디가 됐든 학원으로 돌아가지 않기로. 저 인간이 이 바닥의 최악은 아닐 것이다. 저거랑 비슷한 인간이 사방에 널렸을 것이다. 그나마 자기가 무슨 말 하는지 안다고 생각하는 선생에게도 저럴진대 그보다 어리고 기가 죽어 있는 학생들에게는 더할 것이다. 그런 인간들에게, 그런 인간이 지은 소굴에서 그런 논리로 만들어진 커리큘럼을 따라가며 두어 번만 속고 야단맞으면 배움이 즐겁겠는가. 대학원에서 배운 것, 이민자들을 가르친 것, 피곤한 중학생들을 어르고 달래가며 현대미술과 미국의 국립공원에 대해 논한 경험을 온전히 살릴 강의를 하겠다고 결심했다.

혼자되기

난
선생인데

초반 일 년은 꾸준히 다섯 개의 클래스가 유지되었으나 누가 돈을 내는지 안 내는지를 정확히 모르는 채로 흘러갔다. 흥미로운 외신을 골라 문법을 추출하고 사람들이 좋아할 만한 액티비티를 구상하고 드디어 누군가가 고개를 끄덕이는 순간의 희열은 분명했다. 하지만 난 선생인데. 선생이 돈 얘기를 하면 권위가 떨어지고 땅이 꺼지고 하늘이 무너지고……. 나는 돈을 내라고 말할 수가 없었다. 누구든 수업을 듣고 싶어하면 일단 등록하고 돈은 나중에 달라고 했다. 아무런 자산 없이 모르는 사람과 한집에서 한 달에 오십만 원씩 내고 살면서도 돈을 달라고 하기가 죽기보다 싫었다. 자격증을 발급해주는 것도 아니고 시험 대비도 아닌 성인 영어 강의에 차비 써가며 와주는 자체가 몸둘 바를 모르게 감사하다고 생각하기도 했다. 걸핏하면 안 살고 싶은데 아침에 일어날 이유를 만들어주니 사실 내가 저들에게 빚을 진 거라는 생각도 많이 했다.

그렇게 더듬더듬 뭔가 해보려던 차에 집을 나오게 되었고, 집을 나와 가족과 연락을 끊었고, 이전에 알았던 친구들이 모두 결혼하고 어딘가에 뿌리를 내리는 시절에 이제는 정말 혼자가 된 나는 수시로 우울했고 여전히 밤에는 술을 마셨다. 마음의 닻을 내릴 데가 필요했다.

당시의 나를 겨우 살게 했던 건 새로 만난 학생들이었다. SNS를 통해 내 수업을 알고 혹시나 하고 신촌까지 와본 그들은 무언가 마음에 들었는지 매달 등록을 연장하며 함께 공부하고 수업이 끝나면 맥주를 마시러 가주었다. 화요일부터 토요일까지 하루에 한번씩 저녁 강의를 했는데, 목요일 클래스의 학생들이 특히 질문을 많이 하고 목소리가 크고 거침이 없고 잘 웃고 나에게 걸핏하면 항의를 하거나 공부하기 싫다고 저항하는 바람에 우리는 말을 많이 해야 했고 정해진 시간을 넘겨 수업을 하게 되고 그렇게 서서히 친구가 되었다. 나의 수업에 들어오는 사람들이 항상 그렇듯이 모두 여자였

혼자되기

고 대개 혼자 사는 사람들이었다. 철마다 새롭게 유행하는 취미생활에 혹하기도 하고 연남동이나 서촌의 요즘 잘나간다는 술집을 찾아다니기 좋아하는 그런 에너지 넘치고 호기심 강한 사람들이 내 수업에 들어왔다가 일부가 남아서 내 생활의 기둥이 되어주었다.

항상 "뭔가 하자, 어딘가 놀러 가자, 뭐 재밌는 일 없냐"는 말을 달고 사는 쾌활한 수진 씨는 내 첫 수업이 끝나고 피드백을 써달랬더니 영어로 '집에 가고 싶다'고 적어 내어 가슴을 철렁하게 만들었던 이다. 그렇게 재미가 없었나, 저 사람은 다시는 안 돌아오겠구나, 혹시 어디에 내 강의 흉을 보면 어쩌지 걱정했으나 그는 자기 돈을 내고 강의에 돌아왔고 누구보다 꾸준하고 열심인 학생이 되었다. 나중에는 내가 강의하려고 빌린 창전동 사무실에 정체 모를 양주를 가져와 맡기기도 했는데, 내가 몰래 훔쳐 마실까 봐 술병에 싸인펜으로 금을 그어놓고 갔더랬다. 퇴근하고 집에 걸어갈 길이 너무 막막한 날 내가 야금야금 마시는 바람에 눈금과 술의 수위는 어느새 멀어져버렸고 수개월 후 그 술병을 도로 가져갈 때에 수진 씨는 "술 훔쳐먹었죠!"라며 나를 잔뜩 흘겨보았다. 항상 침착하고 행동거지가 단정한 윤미 씨 역시 수진 씨만큼은 아니지만 최장수 학생 중 한

명으로 3년 넘게 수업을 들은 동네 주민인데, 부동산에 가서 중개사를 대적해야 할 일이 생기거나 새로 강의를 부탁받았을 때의 어른다운 처신에 대해 믿고 자문을 구할 만한 아군이 되었다. 몇 개월의 집약적인 술 타임 이후로는 수업에 들어오지 않는 세연 씨도 초기 구성원인데, 나와는 정반대로 컴퓨터 등 전자기기에 능하고 숫자에도 빨라 세금 신고 때마다 도움을 받았다. 나도 가끔 술이나 밥을 샀는지 모르지만, 그래서 그들이 나에게 선뜻 베푼 호의를 조금이나마 갚을 수 있었는지는 모르지만 그들을 만나지 못했으면 내가 어떻게 술독에서 기어나오고 밤에 잠잘 수 있었을지 모르겠다.

알 만한 사람의 소개도 아니고 TV에 나오는 명강사도 아닌 내가 한둘씩 고객을 모으고 있다는 사실만이 나를 지탱하는 힘이었다. 모든 끈이 떨어져 홀로된 여자에게 고객이자 친구가 되어주는 여자들이 생긴다는 것은 내 개인의 역사를 다시 쓰는 일이었다. 세상이 넓다지만 내가 진짜로 넓혀볼 만한 세상에 그때에야 초대된 셈이었다. 나는 아무것도 없이 다시 출발할 수 있었다. 내 얘기를 들어주고 나를 신뢰하는 사람들을 새로 만날 수 있었다. 그래서 나의 밥줄에서부터 나는 여자들에게 너무 큰 빚을 지고 있다.

혼자되기

돈을
먼저
내세요

90분의 수업이 끝나면 저녁이나 먹으러 가자며 자연스
럽게 신촌이나 홍대 거리로 몰려나와 사람이 너무 많
지도 아예 없지도 않으며 술도 팔고 음식도 맛이 없지
는 않은 그런 집을 찾아 슬렁슬렁 걸었다. 무언가에 대
해 열중해 얘기하느라 우리가 어디를 향해 걷고 있는지
를 잊어버리기도 했다. 이미 인간관계의 기술을 적절
히 깨친 후에 만난 우리는 서로에게 온 힘을 다해 기대
지도 않았고 한계를 시험하며 긁어보는 짓도 하지 않았
다. 인생이 가장 혼란스럽던 시기를 이제 막 벗어나 내
가 누군지를 깨닫기 시작한 여자들이 공유하는 여유가
있었고 와중에도 밤거리를 왁자하게 차지할 만한 힘은
남아 있는, 드라마와 분쟁과 서열 다툼 없이 내킬 때 왔

다가 문득 떠날 수 있는 좋은 술자리들이 우리의 밤을 채웠다.

그러나 수강생이 돈을 냈는지 안 냈는지 확인도 않고 진행하던 수업이 드디어 더 이상 나의 이불 한 채짜리 살림도 감당할 수 없게 되었을 때 나는 이 강의를 그만두고 학원에 취업해야 하는가를 진지하게 고민하게 되었다. 강의와 인생을 철저하게 분리할 필요도 별로 없이 서로의 안부를 영어로 묻는 것이 내가 수업을 시작하는 방식이었는데, 학생 중 한 명이 내 고민을 듣더니 "선불제로 입금이 확인된 사람만 등록을 확정하라"고 말해주었다. 지금 생각하면 너무 당연한, 기본적인 시스템이지만 늘 우울하고 늘 겁이 났으며 지금 있는 한 줌 삶의 의욕이나마 순식간에 빼앗길까 불안했던 내게는 정말이지 쉽지 않은 결단이었다. 10주로 구성된 한 학기가 끝나고 이게 마지막이 아닐까를 걱정하던 나에게, 직장 생활을 오래 했다는 그는 "걱정 말고 내 말대로 한번 해보라"며 웃어주고는 돌아섰다. 또 혼자가 된 기분에 추운 날씨보다 더 좋아든 채로 상큼하고 미련 없는 그의 뒷모습을 하염없이 바라보았던 기억이 선명하다.

그의 충고는 옳았고 나는 수업을 유지할 뿐 아니라

혼자되기

키워나갈 동력도 얻게 되었다. 이제야 수업 등록금에 총인원을 곱한 액수가 통장에 찍히는 상태가 된 것뿐인데 생활에 숨통이 트였다. 왜 진작 선불을 받지 않았나 의아할 정도였다. 집을 나온 지 일 년 만에 드디어 보증금 천만 원을 모아 월셋집을 구할 수 있게 되었다. 실평수 6평짜리라 좀 성냥곽 같기는 하지만 새로 지어 모든 게 깨끗하고 냉장고에 전자렌지까지 옵션으로 딸려오는, 가파른 경사의 계단 위에 다락까지 말끔하게 얹힌 복층 오피스텔이었다. 그리고 나는 여기서 새로 가족이라 부를 만한 사람들을 만나게 된다.

저절로 되는 건
없다

내가 원가족과 항상 다투기만 했던 것은 아니다. 나의 모부는 나에게 먹을 것과 쉴 곳을 제공했으며 성인이 되기까지 자신들의 방식으로 나를 보호했다. 여름이면 가족끼리 차에 올라 며칠이고 사람 없는 깊숙한 계곡을 찾아 헤맸다. 아빠가 내비게이션도 없이 전국 지도를 보고 길을 잡는 덜컹이는 차를 타고 밤새 달리다가 경치가 좋은 곳이면 어디고 멈춰서 텐트를 치고 얼음장처럼 찬 물에 수박을 담갔던 그런 소중한 기억도 많이 있다. 한복을 곱게 차려입은 엄마가 예절 수업 선생님으로 학교에 방문하는 날은 "너네 엄마 너무 예쁘고 젊다"며 친구들이 부러워했다. 엄마에게 떨떠름하게 아는 척 한 번 하는 것이 참 뿌듯한 기억이었다. 나는 죽거

혼자되기

나 다치지 않고 지금까지 살아남았다. 대학 교육도 받았다. 겨우겨우 사회 구성원으로 기능하는 방법도 뒤늦게나마 찾아냈다. 여기에 나의 가족이 공헌했다는 사실은 말하지 않아도, 너무나 당연하다.

그러나 우리는 공동체로서 성공하지 못했다. 너무 많은 것이 말하지 않고도 전달되어야 했고 너무 많은 감정이 그저 한 방향으로만 흘렀다. 로맨스 혹은 사랑으로 시작한 것이 가족만큼 무거운 것이 되어선 안 된다는 비명을 엄마는 평생 질렀다. 아빠는 그 비명을 이해하지 못했다. 로맨스에 납치당해 삶을 걸머진 여자가 지르는 크고 작은 비명을, 집에서 살림하는 여자가 당연히 하는 잔소리나 푸념 같은 것이라고 온 세상이 이해했다. 엄마와 아빠 모두 왜 이렇게까지 삶이 무거운지, 미래가 두려운지, 실체도 없는 불특정인에게서 꾸중을 듣거나 경멸을 당할 거라는 환청을 들으며 사는지 전혀 이해하지 못했다. '다 그렇게 사니까'라고 스스로를 달래며 세월을 보내고 나서는 다음 세대에게도 '다 그렇게 산다'는 주문을 반복했다. 정확한 대상도 없는데 속도는 너무도 빠른 분노와 더께가 얹힌 억울이 집 안 공기에 항상 흘렀다. 그걸 배운 나도 주변에 화풀이를 했다.

언젠가는 당하지 않을 만큼 강해져야지, 보호자가 자원을 통제해서 나를 학대하는 방법을 나도 다른 사람들에게 사용해야지, 내 돈으로 먹고 노는 인간들을 벌줘야지, 나에게 속죄하게 해야지, 내 몸을 상하게 해서 나온 자식들이 나에게 보상하게 만들어야지, 내 몸을 상하게 해서 나온 내 자식의 돈을 쓰는 여자에게도 벌을 줘야지, 돈을 받지 못한다면 두려움과 존경을 얻어내야지……. 누구도 이런 것들을 견디면서 제정신으로 오래 생존하지는 못한다. 정말 많은 '정상가족'이 서로에게 분노하고 복수하며 매일을 살아간다. 사랑은 분명 어디에나 있고 아주 강력하지만, 여자를 조금씩 돌게 만들면서 진군하는 가족의 삶은 더 이상 사랑만으로 지탱할 수 없게 된다. 아무것도 없는 데서 캐낸, 놀라운 사랑의 힘에 대한 맹신은 대체 무엇인가. 에너지 총량이 일정하다는 준엄한 물리 세계에서도, 물이 증발하면 대기 중으로 돌아간다는 것을 모두가 아는 현대 세계에서도 여자의 사랑과 헌신은 당연히 자연발생하는 것으로 여겨진다. 그러나 그 여자는 언젠가는 지친다. 혹은 곧잘 학대와 가스라이팅의 영역으로 납치당한다. 일상은 로맨스가 아니다. 대화는 프리젠테이션이 아니다. 삶은, 정말이지 드라마가 아니다. 끝나지 않는 매일의 삶

혼자되기

안에서 유한한 것의 무한한 공급을 책임지는 일은 가능하지 않다. 여자가 한때 사랑으로 혹은 노력으로 기운차게 구축해 기능시킨 것은 그게 무엇이든 영구히 지속할 수 없다. 내가 생각하는 가족의 불가능성이다.

집을 나오고 처음 구한 방은 보증금 50만 원에 다달이 월세 50만 원이 나가는, 합정동 고물상 근처의 빌라 2층이었다. 가족이 그 집을 봤다면 결혼해 서울에 아파트를 사고 아이를 낳고 또 그 아이가 커가는 것을 보는 친구들과 비교하며 나를 들볶았을 것이다. 그러나 내게는 이미 내 삶과 남의 삶을 비교할 어떤 힘도 남아 있지 않았다.

집을 나가라는 건지 절대 나가지 말라는 건지 널 미워한다는 건지 사실은 사랑한다는 건지 알 수 없는 신호를 보내는 가족을 떠나는 일이 내게는 정말로 중요했다. '최대한 오래 그들을 돌보며 함께 살고 있다'고 스스로를 세뇌하다 비로소 하늘 아래 갈 데 없는 스스로의 상태를 냉정하게 판단하게 된 순간이기도 했다. 스스로 가깝게 여겼던 '영원한 여행자' '원더러스트' '디지털 노마드' 같은 제1세계 정체성과 '홈리스'의 간극은 사실 아주 작다는 것을 서서히 깨닫게 되었다.

밖에서
돈 쓰지
마라

"학교도 가깝고 직장도 가까운데 왜 집을 나가 아까운 월세를 남한테 주니? 우리랑 살면서 저축해서 '제대로' 집을 구해 나가라."

얼핏 말 되는 것 같은, 딸 가진 모부의 이 흔한 주장을 잘 들여다보면 '네가 우리의 축복과 지지를 받으며 이 집을 떠나는 길은 결혼해서 정상가정을 이루는 길뿐이다'라는 메시지가 읽힌다. 내 엄마가 내게 자주 하는 말이기도 했다. "밖에서 돈 쓰지 마. 너 친구들 만날 때 네가 내겠다고 하니? 쓸데없이 돈 쓰지 마!" 그는 아주 역정을 내며, 거의 치를 떨며 그 돈을 아까워했다. 그에 세뇌라도 당한 듯 이전에는 다달이 얼마간의 돈을 '월세 대신' 모부에게 주며 내가 이 돈을 남에게 월세로 냈더라면 가족 아닌 타인에게 '우리'의 금력이 그만큼 새어나갔을 것이라 스스로를 다독이기도 했다. 모부가 내게 요구하는 돈은 남에게 주는 돈이 아니고 가족 밖에서 쓰는 내 돈은 모두 헛되이 낭비되는 것이라고.

그런 자기합리화와는 별개로 내가 엄마의 충고를 완전히 무시할 때가 있었는데 친구들에게 밥이나 술을 살 때였다. 여럿이 만날 때 그리고 상대가 나보다 나이가 상당히 많거나 나보다 현격하게 수입이 많을 때를 제외하고 나는 먼저 돈 내기를 주저하지 않았다. 게다가 나이가 적고 여자면 거의 반드시 계산대로 달려가는 내 뒤통수를 바라볼 수밖에 없도록, 나는 상대가 절대 돈을 낼 수 없게 했다. 이 원칙이 무너졌던 때가 몇 번 있었는데 내가 뉴욕에서 대학원생으로 지내며(그 학비와 생활비도 백 원도 안 빼고 내가 번 돈이다) 정말 가난해서 그 누구에게도 아무것도 사줄 수 없었던 때와 집을 뛰쳐나왔던 때다. 나 먹을 것도 아까워서 살 수 없는 때가 아니고서는 항상 여자들에게 밥을 샀다. 언젠가 어디선가 나도 여자가 해주는 밥을 얻어먹고 버텼기 때문이다.

상처

나는 혼자 살기 전까지만 끊임없이 연애를 했다. 나의 안전이 온전히 나의 책임이라는 것을 실감한 후에는 남자와의 연애를 그만두었다. 지축을 뒤흔드는 로맨스의 기억들이 전생의 것이라는 듯이 나는 연애를 끊었다. 연애에 몰두하고 관계를 얻고 잃을 때마다 도파민이 온몸을 감아 나를 밀어올리는 경험만큼이나 바닥으로 내동댕이쳐지는 고통이 극심했다는 것을, 혼자가 되고 나니 냉정하게 실감할 수 있었다.

나는 오랜 연애가 끝날 때마다 일탈을 했다. 다음 날 기억을 못 할 만큼 술을 마시고 잘 알지 못하는 사람에게 너무 많은 얘기를 하고 강남 클럽에 가서 춤을 추고 헤어진 남자 집에 갑자기 찾아갔다. 2009년 겨울 나

혼자되기

는 우울증을 심하게 앓았다. 2년 반을 만났고 약혼 얘기까지 나왔던 남자와 추하게 헤어진 후였다. 관계를 맺는 법도 건강한 거리를 유지하는 법도 관계를 끝내는 법도 몰랐던 나는 헤어지고도 그에게 수시로 문자를 보냈다. 그러다 유독 그의 문자가 다정하다 느껴진 밤 나는 술을 많이 마시고 택시를 탔다. 서초동 남부터미널역 근처에 있는 익숙한 그의 오피스텔에 비밀번호를 누르고 들어가서 소파에 쓰러졌다. 그렇게 시간이 얼마나 흘렀을까, 누군가 현관을 열고 들어오는 소리는 들렸는데 더 이상 인기척이 나지 않았다. 알고 보니 그에게는 새 여자가 생긴 거였다. 나와 예전처럼 문자를 주고받는 동안 이미 집에 함께 드나드는 여자친구를 사귀고 있었고 그 여자가 현관의 내 신발을 보고 순식간에 사태 파악을 한 후 다시 나가버린 거였다. 나와는 달리 정말 똑똑한 사람이었다. 한꺼번에 몰려오는 두려움과 수치심, 배신감과 분노를 어쩌지 못하고 벌벌 떨며 서 있는 나를, 그가 돌아와서 다시 데리고 나갔다. 남자에는 미련이 없지만 자초지종은 들어봐야겠다고 했다. 24시간 영업하는 맥도날드에서 나는 처음 보는 여자와 긴긴 이야기를 했고, 서로의 타임라인을 맞춰본 후에 예바르게 헤어졌다. 나는 아직도 그 겨울밤의 추위와 내가 신었던 연한 핑크색 소가죽 부츠와 그의 우아한 스카프를 기억한다.

　　그러고도 나는 남자와 끝내 헤어지질 못했다. 악다구니를 써가며 네가 죽어버렸으면 좋겠다고, 술도 안 먹고 독한 소리를 해가며 한 달을 더 만났다. 마침내 그의 거짓말을 더 이상 못 견디게 되었을 때, 나는 모든 연락을 차단하고 집에 모로 누워 미국 드라마 하나를 열 번이고 백 번이고 반복해서 봤다. 밤에 먹고 낮에 잤다. 나이를 많이 먹어 눈도 안 보이는 채 제자리에서 빙빙 돌곤 하는 강아지를 옆구리에 끼고 숨죽여 울었다.

혼자되기

무너짐

우리는 살아가며 가끔 그런 연인들을 만난다. 인생이 길고 지루한 마라톤일 때 군데군데 떨어진 덤불 같은 블랙홀인 그런 연인들. 그 안으로 빨려 들어가면 시간이 다르게 흐른다. 어떤 블랙홀에서는 1초가 1년 같고 또 다른 블랙홀에서는 시간이 거꾸로 흐른다. 어딘가에서는 시간이 멈춰버린다. 단 하나 공통점이 있다면 모두 내 영혼의 일부를 불사르고 나온 다음에야 빠져나올 수 있었다는 것이다. 그런 연인이었다. 팔을 자르는 심정으로 헤어져야 하는 종류의 관계였다.

그러다 강아지가 죽었다. 누가 신문지에 싸서 버린 것을 데려다 십삼 년을 키운, 엄마와 싸우고 집을 나갈 때 다른 짐은 못 챙겨도 들고 나왔던, 내가 거실에서 TV

라도 오래 보고 있을라치면 빨리 들어가자며 나를 쳐다
보다 내 방 쪽으로 걸음을 재촉하고 또 나를 쳐다보고
하던 나의 작고 약했던 자폐증 개. 새벽 세 시에 여전히
불을 환하게 밝힌 방에서 혼자 술을 마시던 내 곁에서
마지막 숨을 길게 들이쉬더니 그대로 끝이었다.

　　나는 완전히 무너졌다. 기계적으로 출퇴근만 하고
다른 기능은 전혀 못 하는 인간이 되었다. 밤에는 잠을
자지 못하고 술을 마셨고 낮에는 두어 시간 쪽잠을 잔
후 황급히 출근했다. 침대에서 일어나기가 죽기보다 싫
었지만 안 그래도 밤마다 술 마시는 나를 못마땅하게
보는 가족의 시선에서 탈출하려면 돈 벌러 떠났다 돌아
오는 자식의 연기를 해야 했다. 퇴근길에는 편의점에
들러 음료수를 산 후에 내용물을 쏟아 버리고 팩소주
로 채워 손에 들고 전철을 탔다. 집에 가는 짧은 시간 동
안 정신이 말짱한 것도 견딜 수 없었다. 소음도 사람들
도 시선도 음악도 그 무엇도 견딜 수 없었다. 빨리 의식
을 둔하게 만들어 아무것도 못 느끼는 상태가 되고 싶
었다. 그렇게 술을 항시 마셔도 뭘 잃어버리거나 발걸
음이 흐트러지지 않았다. 알코올은 내게 방패막이었다.
매일 매시간 매초 이제는 돌아오지 않는 것들에 관하
여 생각했다. 내가 잘못한 것들에 대해 생각했다. 처음

혼자되기

부터 너무도 잘못 안 나머지 잘했다고 생각했던 것들이 사실은 전부 잘못이 아니었을까 끊임없이 의심하는 일로 깨어 있는 시간 모두를 보냈다. 아니 깨어 있지 않은 시간에도 무엇이 어디부터 잘못되었을까를 생각했다. 집에 돌아와 나갔다 온 차림 그대로 침대에 누우면 그때부터는 돌아눕는 것도 싫었다. 모로 누워 소리 없이 몇 시간이고 눈물을 흘리다가 갑자기 벌떡 일어나 방에 불을 환히 켜고 앉아서 뭔가를 한참 생각하다 또 울었다. 나는 삶이 두려웠다. 지금 떠올리면 어떻게 죽거나 사라져버리지 않고 그 시간을 헤어나왔는지 스스로가 경이로울 정도로 모든 게 두려웠다. 아직도 눈을 감으면 그 밤들이 떠나가지 않고 내 안에 남아 있는 게 느껴진다.

회복

나는 당시 여의도에서 특목고 대비반을 가르치고 있었다. 한국의 좋은 대학이나 영어권 대학에 가고 싶은 십대를 가르치는 일은 보수는 좋은 편이었지만 일분일초가 사춘기 아이들의 냉담함과 치르는 전쟁이었다. 방학이 대목인 학원가는 한여름과 한겨울이 가장 바쁜 때여서 나는 일곱 시간씩 앉지도 쉬지도 못하고 강의를 했다. 화장실에 갈 시간이 없어서 방광염을 달고 살았고 겨울 감기에 걸리면 거의 반드시 링거를 맞아야 다음날 출근할 수 있었다. 그런데 정신 못 차리고 헤매던 와중에, 특히 지독한 불면에 시달리던 와중에 다시 겨울이 다가오고 있었다. 이제 내가 살아 있다는 걸 증명하는 길은 일밖에 없었다. 강의하고 밖에 나가 사람들과 섞

혼자되기

이고 계절이 바뀌는 것을 보고 돈을 벌어서 삶의 이다음에 뭐가 있으리라는 희미한 증거를 만들어두는 외에 남은 게 없었다. 어떻든 출근해서 강의는 해야 했다.

친구의 추천을 받아 정신과에 갔다. 상담을 신뢰하지는 않았다. 주변에 상담을 받는 이가 많지도 않던 시절이었다. 약을 받아야 했다. 밤에 자야 사람 잡는 스케줄을 버텨낼 수 있을 거라 생각했다. 조용하고 좀 답답하고 따뜻한, 창문 너머로 헐벗은 언덕이 희미하게 보이던 병원 상담실에서 나는 처음에 어디부터 말을 꺼내야 할지 몰라 막막했다. 그러다 말문이 터짐과 동시에 울기 시작해서 45분 내내 울기만 했다. 한 회에 십만 원씩 하는 상담료가 부담이 되어 고작 한 달 다니고 말았지만 어쨌든 그 상담실에서는 운 기억밖에 없다. 처방받은 수면유도제가 잘 들어 그해 겨울의 특강은 무사히 넘겼다.

문제는 삶을 되찾는 것이었다. 혼자가 무서웠다. 주변을 가득 채운 공기가 빠져나가는 느낌이었다. 인터넷에서 북클럽을 모집한다는 광고를 보고 지원했다. 내 무게를 던질 누군가가 필요했다. 여럿이면 여럿일수록 좋았다. 성비가 적절하고 20대 초반에서 30대 중반까지 보기 좋게 연령대가 흩어져 있었던 그 북클럽은 예

상대로 곧 술 모임이 되었고 나는 시도 때도 없이 그들을 불러냈다. 별 이유 없이 절박하게 문자를 돌려 대여섯 명을 환한 카페에 모아놓고 그것도 안심이 안 되어 "옛날에 투명 드래곤이 살았습니다……"로 시작하는 한 줄 소설 이어 쓰기를 하자고 노트를 돌리기 시작하면 그제야 좀 살 것 같았다. 혼자가 아닌 것 같았다. 삶이 덜 두려웠다. 지금은 모두 뿔뿔이 흩어졌으나 나는 그들 모두에게 내 생의 조금씩을 빚졌다. 가족이나 학교 친구 바깥에서 관계의 가능성을 발견한 계기이기도 했다. 책은 조금 읽고 술은 많이 마시고 밤공기는 더 많이 마셨던, 핑계도 없이 만난 그 사람들이 나를 살렸다.

우리가 하는 종류의
투항

나는 연애를 할 때마다 헤어지는 일이 너무나 힘들었다. 아무리 생각해도 상대가 나를 존중하지 않아서 생긴 정당한 분노와 좌절이, 정말 혼자가 된다고 생각하면 갑자기 훅 꺾이곤 했다. 내가 한 수 접고 들어갈 테니 우리 대화로 해결해보자고 갑자기 태도를 바꾸고 난 후에는 다시 화가 치밀어 올랐다. 갑자기 모든 것을 포기하고 엎어지고 싶은 마음, 심장 저 깊은 곳에서 기어오르는 공포, 상대가 아무리 비이성적인 요구를 해도 차라리 들어주는 것이 그를 잃는 것보다는 낫다는 마음, 바닥에 이마를 대고 굴복하는, 그 고개가 수그러드는 심정. 상대가 만나고 있던 그 남자가 아니어도 마찬가지였을 것이다. 이 무너지는 순간은 내가 무너지는 나를 가지고 있는 한 반드시 왔을 것이다. 두 발을 지면에 단단히 대고 가슴을 펴고 고개를 똑바로 들고 있다가도 훅, 하고 꺾이고 마는, 엎드리겠노라 허리를 천천히 구부리는 만큼의 시간도 주지 않고 명치를 가격해 꿇어앉혀지는 것처럼 찾아오는 항복의 순간.

버림받는 것을 두려워하지 않는 사람은 없다. 거절당하는 것을 두려워하지 않는 사람은 없다. 버림받거나 거절당하기가 두려워 미리 꺾이는 마음의 양상은 비슷하다. 칼 융이 말하길 세상은 신화로 가득 차 있고 그 신화 모두가 영웅에게 버림받는 연인의 서사로 가득 차 있다. 그리고 연인이 세계를 정복하러 떠나면 뒤에 남아 눈물로 밤을 지새는 것은 보통 여성이다. 융의 주장에 따르면 인간은 이 떠나고 버림받는 관계의 서사를 우리의 일부로 받아들였다. 돌아오지 않을 것을 직감하고 주는 애정의 비극과 낭만 같은 것들이 고대의 서사를 떠받치고 있고 선과 악, 약자와 강자, 구원자와 난민 같은 양극단으로 이루어진 이야기의 세계에서 모두가 무의식적으로 우리의 자리를 찾아 들어가고 있다.

누군가가 내게 보여준 친절이나 미소, 따뜻한 말 한마디 같은 것들이 지나치게 강렬하게 나를 비집고 들어올 때, 또 이렇게 무의식의 깊은 곳에 아직도 크게 입

혼자되기

을 벌리고 있는 검은 구멍이 격렬히 허기져하는 걸 인지할 때, 나는 가끔 그 자리에 선 채로 현기증을 느낀다. 그때만큼 혼자라는 생각이 뼛속 깊이 드는 때가 없다. 나는 아직도 기다리고 있는 것일까, 누가 와주기를. 이제는 세상이 어떤 이치로 돌아가는지 충분히 알고 그에 따른 대가도 치렀다고 생각했는데, 가슴이 무너지는 상실의 시간을 수없이 겪고도 원한을 품지 않은 성숙한 인간으로 성장했다고 생각했는데, 아직도 내 안의 어린아이는 누군가 다가와 손을 잡아주길 바라는 것일까.

심정적으로 무너지는 것은 아주 아름다운 사람이나 아주 부유한 사람에게도 일어나는 일이다. 아침마다 대단한 각오로 눈을 떠야 하는 평범한 사람들에게도 공평하게 겪어진다. 정신이 무너지면 가장 먼저 공격당하는 것은 일상이다. 혼자인 여자의 일상이 무너지는 것은 순식간이다. 혼자인 여자는 다른 혼자인 여자가 필요하다. 다른 혼자인 여자 아닌 체계는 거의 전부 가부장제의 변형된 형태이기 때문이다. 혼자인 여자가 여럿 모인 조합은 그 존재만으로 가부장제에 대항하는 힘이다.

파괴
없이
존재하는 방법

엄마와 나의 관계가 언제나 최악을 달린 것은 아니다. 예컨대 대학에 진학하고 난 뒤에는 한동안 모든 게 다 좋아진 것 같았다. 집에 연달아 늦게 들어오거나 무슨 일인가로 엄마의 심기가 불편하면 가끔 방의 물건이 다 폭풍 맞은 것처럼 나동그라져 있곤 했지만 이제 그가 나를 때릴 수는 없었다. 가끔 화목한 가정처럼 느껴지기도 했다. SNS가 생긴 후로는 엄마와 내 사진을 찍어 "울 엄마 미모는 여전☺" 같은 캡션을 달아 올리며 사랑받고 자라 티없는 딸 같은 인상을 주려 하기도 했다. 사람들과 대화하다 어릴 때 맞은 얘기가 나오면 나는 어린 시절 어지간히 맞고 컸지만 지금은 모부를 이해한다, 엄마가 나를 낳았을 때 스물여섯이었으니 내가

혼자되기

그때의 엄마보다도 나이가 많다, 지금 내게 스물여섯의 여자는 아이나 마찬가지인데 그 나이의 엄마가 뭘 알았겠느냐고 마음 넓은 척을 할 수 있었다. 직장에 다니고 돈을 벌기 시작하면서 그와 나의 사이는 더욱 좋아졌다. 내가 술을 마시고 들어온 다음날 엄마가 콩나물국을 끓여주기도 했다. 직장을 그만두고 뉴욕에 갈 때 응원해준 것도 엄마였다. 나의 여름방학에 딸을 보러 태평양을 건너온 엄마는 장거리 비행이 지긋지긋하다면서도 한 칸짜리 스튜디오 아파트였던 내 방에 짐을 풀자마자 김치를 담가야 한다고 박박 우겨 차이나타운에서 배추를 바리바리 사다 나르기도 했다. 뉴욕의 더러운 전철, 잠시도 망설이는 기색 없이 냉담한 얼굴로 거리를 지나다니는 여러 인종의 맨해튼 사람들을 바라보며 엄마는 "너 대단하다, 나였으면 못 할 일을 한다"고 말하기도 했다. 엄마로부터 그런 식의 인정을 들은 것은 생애 처음이었다.

　　다만 유학을 마치고 집에 돌아오자, 우리 사이에 있던 태평양이 없어지자 엄마와 나의 관계는 또 나빠졌다. 인간 사이에는 적절한 거리가 존재해야 함이 당연한데, 그와 나 사이의 거리는 도저히 그 적절함을 계산할 수가 없었다. 지구 반대편에 있을 때에야 애틋해지는, 곁에 없다고 깨달아야만 서로를 파괴하지 않을 수 있는 관계. 그렇게 어려운 것에 나는 더 이상 에너지를 쓸 수 없었다. 그걸 엄마에게 계속하라고 요구할 수도 없었다. 단순하고 이해할 수 있는 것들로, 이유 없이 부서지거나 변형되지 않고 편안히 존재할 수 있는 것들로 삶을 꾸리고 싶다는 열망이 생기고부터 나는 가족과 살 수 없게 되었는지도 모른다. 많은 사람이 그건 공상과학 소설만큼이나 불가능한 얘기라고 했지만, 누구나 그렇게 삶과 죽음과 타액을 공유하는 가까운 관계를 만들어 달라붙고 상처 내고 동일시하고 미워하고 사랑하면서 살아가는 거라 했지만, 그건 너무 어려운 일이다. 안 그럴 수 있다면 안 그러는 게 좋은 것이다. 내게는 그게 정말이지 훨씬 나은 것이다.

혼자되기

딸이라는
불완전한
인간

딸들에게는 보통 소속이 없다. 가끔 주어지는 따뜻한 소속감은 보통 조건부다. 주변의 눈치를 수시로 살피며 뭔가를 관리하고 유지하고 보수하면서 내 자리를 벌지 않으면 안 된다는 메시지를 꾸준히 수신한다. 여자들과 식사하러 갔을 때 번개같이 내 앞에 물이 그득한 잔과 반듯하게 줄을 맞춘 수저가 놓여 있는 일이 잦은 것도 이 때문이라 믿는다. 딸들은 암묵적으로 혹은 명시적으로 스스로를 부정 및 교정당하며 살았기 때문에 '나를 있는 그대로 받아들여주는' 환경에 편안하게 놓여본 경험이 드물다. 그래서 언제가 원가정을 떠나 '내 집'을 찾아야 한다고 어렴풋이 생각하지만 인류 역사의 오랜 동안 갈 곳 없는 딸들이 달아날 곳은 오로지 또 다른 가부장이 있는 가정이었다. 아버지가 남편에게로 넘겨주는 여자의 손. 남자들의 손을 뿌리치고 달아나는 여자들은 대체로 마녀가 되거나 미친 여자가 되었다. 거의 반드시 가난해지고 사회적 안전망도 희박한 처지가 되었다.

동아시아에서, 한국에서 많은 여성은 소속집단의 최소 단위인 가정에서부터 배제당한다. 여아가 모태 안에서 감별당한 후 아예 태어나지도 못하게 중절되는 페미사이드는 이제 다 아는 이야기고, 용케 태어난 후에도 남자 형제에게 차별을 당하거나 '살림 밑천' 취급을 받으며 물질적, 정서적 착취를 당하는 일이 흔하다. 여자아이는 어릴 때부터 가족들을 먹이고 청소하다가 공장에 취직해서 대학 간 오라비 뒷바라지하다 시집가는 운명이었다는 이야기는 옛말이고 이제는 오히려 딸을 선호한다는 말이 나돌기도 한다. '그러므로 집에서 딸이 멸시받는 과거는 끝났다'고 개운하게 말하는 사람들에게는 본인이 그 딸이 되어보지 못했다는 공통점이 있다. 가난하게 살았던 것이 문제가 아니라 오히려 자원이 많은 가정에서조차 딸과 아들을 다르게 취급했기 때문에, 그 신분 차가 주는 무게가 딸의 운명을 결정하는데 무수히 많은 간섭을 했기에 문제가 되는 것이다. 누

혼자되기

구나 알 만한 대기업에서 차마 딸에게 회사를 물려줄 수 없어 조카를 양자로 들인 이야기처럼 말이다.

나는 아들들이 한국의 가정에서 받아들여지는 방식으로, 그렇게 똑같이 집안의 다른 아들처럼, 아무것도 하지 않고 있는 그대로를 야생으로 보이고도 사랑받은 딸을 한 번도 만나지 못했다. 씻지 않고 더러워도, 먹고 난 자리를 치우지 않아도, 나설 자리 안 나설 자리를 가리지 못해도, 일반적으로 합의되는 윤리의 기준을 아무렇지 않게 위반해도, 받은 만큼 돌려주지 않아도, 고맙다는 말을 절대 하지 않아도 그저 살아 있는 것으로 벅차게 충분한 존재가 되는 딸을 한 번도 목격하지 못했다. 한국의 어떤 아들들은 집안의 생불처럼 모셔진다. 21세기에도 여전히 그렇다. 그들은 훔치고 도박하고 남을 때리거나 강간해도 언제나 인간 갱생의 마지막 희망처럼 관대한 응원을 받는다. 여자들이 똑같은 죄를 저질렀을 때보다 훨씬 덜한 벌을 받고 세상에 곧장 풀려난다. 초범이라거나 반성한다거나 술에 취한 상태였다거나 아직 젊다거나 하물며 의대에 다니고 있다거나, 핑계는 다양하다. 하지만 모든 게 구실일 뿐 '고추 달려서 용서해준다'는 걸 우리는 알고 있다.

성폭력에 저항하다 가해자의 혀를 물어뜯은 여자

가 '앞날이 창창한 젊은 남자를 해한 죄'로 실형을 선고받은 1964년으로부터 세기가 바뀌었다. 유죄가 된 피해자가 74세 나이로 재심을 청구해 아직도 싸우고 있는데 수많은 끔찍한 남자 성범죄자들은 온갖 이유로 감형받는다. 가정폭력에 시달리다 최후의 자구책으로 남자를 죽인 여자에게 이상스럽도록 가혹한 한국 법이 남자 살인자는 여성을 때리고 죽이고 토막 내 암매장해도 "우발적이고" "죽이려는 의도가 없었다"며 가엾게 여긴다. 바닥에 구르는 노란 고무줄만큼도 세상에 공헌하지 못한 남자조차 마지막 숨이 넘어갈 때까지 구원받아 마땅한 무한한 이유를 지닌 인간으로 여겨진다. 가임기를 기준으로 여자의 존엄이 요동치는 것과는 대조적인 모습이다. 아마 여자와 남자가 아닌 다른 이름으로 불렸다면 그 계급 차가 더욱 정직하게 드러났을 것이다. 어깨를 견주는 한 쌍이 아니라 하나가 다른 하나에 통제당하는 종속 관계라는 것이 더 확실히 보였을 것이다.

가정에서부터 형사재판의 판결까지, 사회가 딸들에게 보내는 메시지는 분명하다. 너는 네가 아닌 무언가가 되기 위해 죽을 때까지 애써야 한다. 분위기를 살피고 남을 돌보고 먹이고 기쁘게 해야 한다. 네가 무언가 잘못하면 세상은 네가 그걸 절대 잊지 못하도록 만

혼자되기

들어줄 것이다. 너는 불완전하다. 그 불완전함을 보상해라. 속죄해라.

딸이 자라며 아들과 똑같은 취급을 받는 일은 일어나지 않는다. 운이 좋아봐야 '아들 못지 않게' 길러질 뿐이다.

용서하지
않을
권리

스웨덴 작가 오사 게렌발이 쓰고 그린 『그들의 등 뒤에서는 좋은 향기가 난다』에서는 어린 시절 내내 겪었던 가족의 방치와 괴롭힘을 상세하게 고발하고 있다. 그는 딸에게 가해지는 정상가정의 폭력을 고발하는 데 평생을 바쳤다. 저자는 모부의 승인에 목말라온 자신을 반복해서 묘사한다. 자신의 속마음은 아무도 모른다, 내가 엄마와 아빠의 칭찬에 얼마나 목말라했는지는 신만이 안다고 그는 어린 자신의 목소리를 빌려 절규한다. 무서운 일을 겪으면 달려가 울 수 있는 어른의 품이 있다는 것, 무언가 곤란한 일이 일어났을 때 되레 혼날 걱정에 조용히 해결하려고 진땀을 빼는 게 아니라 솔직하게 모두 털어놓고 위로와 도움을 구할 수 있는 모부가

혼자되기

세상에 존재한다는 사실에 너무도 충격받았다고 그는 말한다. 일본의 정신과 의사이자 대학 교수인 가야마 리카의 책 『딸은 엄마의 감정 쓰레기통이 아니다』에서도 만국 공통의 사연 제보가 이어진다. 아들에게는 애정을 주지만 딸로부터는 돌봄과 이해를 요구하고, 아들은 실수해도 괜찮지만 딸에게는 완벽을 기대하고, 딸에게 남편을 비롯한 일가친척의 흉을 봄으로써 이간질하고 정서를 학대하는 엄마와 그런 엄마에게서 딸을 지켜줄 수 없는 아빠의 모습이다.

이 가족들로부터 떠나온 딸들이 해야 할 일은 이해하고 용서하고 실수를 반복하지 않는 것이 아니라 절대 잊지 않고 절대 이해하지 못하는 일이다. 죽는 날까지 내가 받았어야 할 더 나은 대우에 대해 생각하는 일이다. 나와 똑같이 느낄 누군가를 절대 만들지 않는 일이다. 용서받을 자격이 없는 너무 많은 남자가 사랑의 이름 아래, 가족의 비호 아래 두루뭉술 용서받고 도덕적 모호함 속에 몽롱하게 행복해하다가 갔다. 그 행복을 질투해야 한다. 이를 갈고 원한을 품어야 한다. 부술 생각으로 덤벼야 한다. 혹은 그런 부조리로부터 실낱만큼의 승인도 구하지 말고 떠나야 한다. 딸들은 사회적 승인이라는 면에서 아직도 수천 년간 공고했던 림보에 갇혀 있다. 우리는 누굴 용서할 자격조차 얻지 못했다. 그들은 우리의 승인도 용서도 바라지 않는다. 기대하는 상대도 없는데 용서를 베푸는 것부터가 자기 기만이다. 딸들은 누구도 용서할 필요가 없다.

닫히지
않는
문

내 엄마는 30년 넘는 세월 동안 내게 방문을 닫지 못하게 했다. 그나마 대학에 진학하고 나서 닫을 수 있게 된 문은 반투명 유리로 된 미닫이문이었다. 불을 껐는지 켰는지 환히 보이는 그 문을 밤중에 불쑥 열고 들어와 불을 꺼버리는 일이 다반사였다. 마지막으로 배정받았던 방은 전면창을 통해 베란다에서 걸어 들어올 수 있는 방이었다. 엄마는 커튼을 달겠다는 내 의사를 무시하고 이사한 시점부터 마구 창을 가로질러 들락날락했다. 나는 결국 이삿짐을 다 풀기도 전에 그 집을 뛰쳐나왔다.

이것이 얼마나 집요한 괴롭힘인지를 지적하는 일은, 화자가 딸이기 때문에 많은 경우 저지당한다. 사춘기에 접어들며 자기 공간에서 자기 몸을 탐구할 권리를 당연히 인정받는 아들에 비해 딸은 왜 혼자가 되고 싶은지, 혼자 무엇을 할 것인지에 대해 자주 추궁당한다. 먹는 양에 대해, 몸을 관리하는 방식에 대해, 귀가하는 시간에 대해 딸을 간섭하는 것이 자연스럽게 여겨지는 것처럼 딸의 방문은 외부의 침략에 더 취약한 곳이다. 아들이 혼자 있는 시간을 방해하면 화를 낼 거야, 더 심해지면 아마 집을 나가겠지, 그러므로 심기를 거스르는 일을 하지 말자, 그렇게 생각하는 모부가 혼자의 공간을 존중받지 못한 딸이 분노하면 곧잘 신경질과 짜증이 늘어서 이제 덜 귀엽다는 취급을 한다. 나는 내 방문이 불투명 유리인 것이 싫었다. 잠글 수 없는 미닫이문인 것이 싫었다. 바깥 소리가 안으로 다 새어들어오는 것이 싫었다. 내가 당연히 들으리라 생각하고 아무 때나 방 밖에서 소리를 질러 나를 부르는 게 싫었다. 그러나 결국 내가 '그 집'을 나오기까지, 가족과 함께 사는 집은 변하지 않는 '그 집'이었다. 아무도 노크를 하지 않던, 불이 꺼졌는지 켜졌는지 언제나 훤히 보이던 그런 방이 언제나 나의 방이었다.

복수하기 위해 멀어지는 것이 아니다. 계속 접촉하는 것이 서로에게 해롭기 때문에 거리를 두는 것이다.

혼자되기

해로운 관계를 알아보아주는 사람이 주변에 없는 경우가 많다. 스스로 깨우쳤다 하더라도 가까운 사람들이 판단력을 흐려놓는 케이스도 허다하다. 그래도 가족이잖니, 아무리 그래도 남편이잖아, 동생이잖아, 언니한테 어떻게 그래, 사람이 살다 보면 그럴 수도 있지, 완벽한 사람이 어딨어, 라며 '둥글게 살기'를 종용하는 말을 우리는 수없이 듣게 된다. 가능하면 그 사람들과도 거리를 두어야 한다. 오사 게렌발은 가족과의 관계 청산에 대해 '커밍아웃'했을 때 쏟아진 주변의 충고가 너무도 흔하고 조금도 도움이 되지 않았다고 언급한다. 데이트폭력에 시달리는 여성의 편을 들어주는 일은 어렵지 않지만 원가족에게 정서적으로 착취당하는 딸에게 거기서 벗어나야 한다고 확신 있게 말해주기는 쉽지 않다. 우리가 막연히 모든 것이 선진적일 거라 믿는 북유럽 국가에서조차 가족과 거리를 두고 싶은 자식에게 주변인들이 "자식이 부모의 입장을 먼저 이해해야 한다" "모두 사랑하는 마음에서 비롯된 것" "너처럼 배은망덕하고 냉담한 자식을 둔 너희 엄마 아빠가 불쌍하다" 같은 소리를 서슴없이 했다는 게렌발의 증언을 보면 가족과 개인을 분리하는 데 성공했다는 서구의 개인주의 신화도 딸에게는 크게 다를 것이 없구나 싶다.

딸들에게 하나의 위로가 있다면, 우리는 우리의 사명을 찾아갈 수 있다는 것이다. 지금 세상은 그저 태어난 것을 기뻐하고 감사하기엔 지극히 복잡한 곳이다. 정상가족, 혈육의 정, 참고 용서하는 착한 딸, 그 무엇도 단 하나의 정답일 수 없다. 우리에게는 다른 누구보다도 우리 자신을 돌볼 의무가 있다. 혈육에서 떨어져 나온 딸도 혼자 잘 살아남아 제 길을 간다는 걸 사람들이 알아야 한다. 우리는 더 잘 살고 더 건강하고 더 우리 자신이 되어야 한다. 이제까지는 상상도 못 해보았을 만큼 더욱 그렇게 되어야 한다.

혼자되기

용서하지 않는
일

"조카를 보니까 이렇게 예쁜데, 내 새끼도 아닌데 이렇게 예쁜데 우리 엄마는 나한테 어떻게 그랬는지 모르겠어요."

학생들 중 하나가 내게 한 말이다. 상상할 수도 없는 일을 이해하려 들어서는 안 된다. 용서해서도 안 된다. 우리 마음 깊은 곳에서는 사실 이해도 용서도 못 했기 때문이다. 나 같으면 죽어도 안 할 일을 아무렇지도 않게 하는 사람을 진정 이해하는 것은 일관성을 가진 인간이 할 수 있는 일이 아니다. 용서하지 않겠다는 선언은 저주와 앙심을 품겠다는 의미가 아니다. 오히려 최소한의 자기방어에 가깝다.

다른 관대하고 훌륭한 딸들과 나를 비교하지 않아도 된다. 용서하지 않아도 된다. 용서하지 않고 살아지는 삶도 숭고한 것이다. 용서하지 않고 잊어버리지 않아서 외로워지기를 두려워하지 말아야 한다. 존엄은 혼자 죽기 위한 것일 수도 있는 것이다. 우리에게 합당한 존중을 주지 않는, 언제나 꿍한 채 내가 자신들에게 무언가를 빚지고 있다고 믿는 가까운 이들에게 투항하느니 미지의 세계로 떠나는 편이 낫다. 남이 나를 한 대 치는 것은 용서해도 내가 남을 한 대 치는 것은 상상도 할수 없는 딸들의 불균형한 정신은 세상의 온갖 가스라이팅에 취약한 토대다. 나는 남의 정강이를 걷어차지 않을 것이며 그러므로 나의 정강이를 걷어찬 인간도 용서하거나 이해하지 않는다. 거기부터 출발해야 한다.

"며느리 늙은 것이 시어미" 유의 부조리의 대물림 기저에 반드시 이런 윤리적 불균형이 있다. 나로서는 상상도 못 할 일을 당했지만 대강 용서한 척 견디고 살다 보면 언젠가 나도 남에게 "나도 당했는데 너도 참아야지?"라고 윽박지를 확률이 상당히 높아진다. 주변을 돌아보면 그런 어른을 얼마든 만날 수 있다. 여자는 성자가 아니고 성자가 될 필요도 없다. 여자는 그냥 여자다. 가족이 나 빼고 다 돌았다고 오랫동안 느끼며 살았

혼자되기

다면 아마도 그 느낌 가운데 진실이 있을 것이다. 아무도 나를 함부로 대할 수 없다. 나를 세상에 내놓은 사람들이라도 그렇다. 가족은 딸이 가장 먼저 끊어야 하는 사슬일 수도 있다. 그들을 완전히 떠나는, 끊어내는 일은 돌아 있지 않은 삶을 향해 출발하는 일이다. 이제 관두겠다 말하고 문밖으로 걸어 나가야 한다. 그날을 기약하며 취직을 하든 저축을 하든 친구를 구하든, 아무튼 그날부터 내가 주도하는 삶을 계획할 수 있다.

   나는 최근까지 이 글을 쓰지 못했다. 집을 떠나 가족 혹은 친척 중 그 누구와도 대화하지 않은 지 한 달이 지나고 세 달이 지나고 일 년이 흐르고 마침내 삼 년이 되기까지 나는 언젠가 아무렇지 않은 듯 집으로 돌아가리라 생각했다. 그러면 아마 용서하는 법에 대해 쓰게 될 거라고, 많은 이가 그렇듯 이해와 존중과 그리고 마침내 용서와 합일로 가는 위대하고도 사적인 여정에 대해 쓰게 되리라 믿었다. 그래서 그 일이 일어나기를 기다리느라 혼자인 삶에 대해 함부로 쓰기 시작할 수 없었다. 언젠가 상담을 받고 책을 읽고 먼 나라의 해변에 앉아 모든 진실을 깨달은 후에 편안해지리라, 많은 영화에서 그렇듯 홀가분하게 응어리를 내려놓고 '건강한 거리'를 유지하는 가족이 되리라고 상상했다. 엄마와 싸우고 남동생에게 쌍욕을 퍼붓는 악몽을 꾸지 않게 되리라 생각했다. 그러나 그때 내가 어렴풋이 환상처럼 그렸던 화해와 이해와 용서는 일어나지 않았다.

내가 지금 아는 것은 가족을 용서하고 가족에게 이해받고 딸로서 어떤 승인을 얻으려는 노력을 온전히 포기한 후에 내가 잠을 잘 자기 시작했다는 것이다. 내가 상상해온 고급하고 성스러운 용서와 사랑 같은 장면은 나에게 영영 있지 않을지도 모른다. 다만 나는 혼자서 그들을 이해하려 분투하기를 그만두었다. 그리고 평화를 얻었다.

혼자되기

혼자
되기

철저하게 혼자가 되어야 한다. 뼛속까지 혼자가 되어야
한다. 그리고 나서 자매들을 찾아 나서야 한다.

2부

같이
살기

죽어가는
여자들과
로맨스

나는 나름의 치열한 고민 끝에 스스로가 이성애자라고 확인했다. 가부장제가 건설한 모든 것이 싫지만 여전히 이성애의 로맨스 문법에 편안함을 느꼈다. 그러나 오로지 혼자 아닌 상태가 되기 위해 연애를 하거나 남자와 살기는 싫었다. 미제 사건을 다룬 다큐멘터리를 보면 가족도 찾지 않고 친구도 많지 않은 여자가 그렇게 죽임을 당하던데, 범인은 보통 남자친구나 사실혼 관계의 남자던데, 결혼하고 나서도 십 억짜리 생명보험을 들어놓고 죽이던데, 혼자 사는 여자들이 그렇게 하루에도 몇 명씩 죽어 쥐도 새도 모르게 야산에 묻혔다가 나중에야 발견되던데, 살인자들은 순간적으로 화가 치밀어 우발적으로 때려죽였다 말하고 집행유예부터 3년

같이 살기

징역까지 사람 목숨 값에는 어림도 없는 벌을 받던데, 그건 다 죽은 사람이 말이 없어서라던데, 이십대 초반의 여성이 남자친구에게 살해당한 다음 조각나서 콘크리트에 암매장을 당해도 범인에게 무기징역을 안 주던데, 하루가 멀다 하고 보도되는 여자 죽은 사건을 보면 가족들도 그다지 찾지 않던데, 원한을 품고 비통해하는 일이 드물던데, 행여 애타게 찾는 모부를 보면 차라리 내가 죽은 딸이고 싶을 만큼 부럽던데, 딸 잃은 모부들의 슬픔은 아들 잃은 모부들만큼 결연하고 비장하면 안 될 것처럼 지껄이던데, 죽은 여자는 비둘기 죽은 것만큼이나 쉽게 잊히던데……

범죄 영화를 너무 많이 봤는지는 모르겠지만 자연스럽게 시간을 두고 친해지지 않은 남자들은 여자를 곧 죽이거나 서서히 죽인다는 확신은 굳어지기만 했지 희미해지지 않았다. 나중에 만난 슈슈, 고고, 미미와는 "암보다 확실한 사망율"이라 근거 있는 농담을 나누기도 했다. 아무리 내내 우울하고 삶에 미련이 없어도 그렇게 죽기는 싫었다. 곁에 사람이 필요하다고 느꼈지만 예쁜 옷 입고 공들여 화장하고 백 날 천 날 다이어트하던, 그렇게 연애하던 때로 돌아가기는 싫었다. 죽이지만 않으면 감사해야 하는 관계로 왜 다시 걸어 들어가야 하

는가, 할 말 못 하고 하고 싶은 거 양보해가면서. 혼자일
수록 곁에 사람 들이는 일에는 신중해야 한다고 다짐했
다. 누구와 함께 산다면 그건 역시 동물일 거라 했다.

같이 살기

끈 떨어진 여자와
끈 떨어진 강아지

집을 나온 뒤 이것저것 따질 것 없이 가방 한 개 덜렁 들고 입주했던 고물상 옆 방 한 칸에서 나와 성산동의 복층 오피스텔에 들어가게 되었다. 여전히 은행에서 우대 금리를 줄 만한 직업 안정성은 없고 생활도 곧잘 불규칙했지만, 좀 살 것같이 느껴지자 강렬하게 원하게 된 것이 하나 있었다. 집 주소가 생기고 월수입을 어느 정도 예상할 수 있게 되자마자 개가 있는 삶이 그리워졌다. 코카인을 해본 적은 없지만 아무튼 코카인 중독보다 강력할 개 중독. 원래는 버려진 푸들을 일주일만 임시 보호하려고 했다. 내가 혼자 살며 좁은 공간에서 개를 끝까지 책임지고 키울 수 있는 사람인가, 적극적으로 함께 살 개를 찾아 나서기에는 스스로의 생활이 불안했다. 집도 더 넓어야 하고 돈도 지금보다 많이 벌어야 할 거였다. 그러던 중 해외 입양이 결정된 조그맣고 까만 푸들이 비행기를 타기 전 잠깐 잘 데가 필요하다 해서 스스로의 역량을 시험하기 적당한 과제라 생각했다. 결심하고 입양 단체에서 요구한 간단한 자기소개와 집안 사진을 보냈더니 그 까만 푸들은 이미 일주일 임시 보호처를 찾았다며 울산에서 구조된 뒤 계속 병원 생활 중인 누렁이를 임시 보호해달라고 했다. 부스스한 누런 털에 데굴데굴 굴리는 눈의 흰자위가 인상적인 믹스견으로, 말티즈보다는 크고 진돗개보다는 작았다. 이미 결심한 터에 개가 생각보다 커서 안 된다고는 말하고 싶지 않았다. 펫택시를 불러 타고 성북구의 동물병원으로 갔다. 피부병은 거의 나았는데 종일 병원의 유리장 안에 갇혀서 답답하고 심심해한다 했다. 병원 직원이 안아 데리고 나온 개는 냄새가 많이 나고 뜨끈뜨끈했다. 한눈에도 겁에 질려 내가 누군지도 별 관심이 없이 사방의 냄새만 필사적으로 맡고 있었다.

개는 바닥에 내려놓으면 걷지 않고 배를 보이며 누워버렸다. 공포와 불안이 공격성이 되는 대신 포기와 체념으로 발현되는 녀석이다 싶었다. 억지로 안아 들었더니 오줌을 지렸다. 셔츠와 바지에서 뚝뚝 떨어지는

같이 살기

노오란 오줌 방울을 보며 너도 나만큼 무섭구나 했다. 울산의 자수정 동굴에서 한배에서 난 듯 닮은 노란 개와 함께 돌아다니다 구조되었다는데, 인스타그램에서 본 짧은 동영상에서 개는 진드기가 잔뜩 붙고 털이 엉켜 뭉친 모습으로 묵묵히 눈만 굴리고 있었다. 그렇게 낯선 사람들에게 붙잡혀 서울로 왔다가 또 병원 사람들에게 익숙해질 만하니 생전 처음 보는 나를 만난 것이다. 차 안에서부터 불안하게 헉헉대는 것을 들으며 그 조그만 머릿속에 불안하게 엉킨 생각들이 얼마나 무서운 종류일까 생각했다. 간신히 현관 안으로 옮기자마자 샤워를 좀 시키려고 화장실에 몰아넣었더니 화장실 문 앞에 똥을 눠버렸다. 뱃속에 있는 걸 다 내보낼 만큼 무서운 것을 알겠다. 그래도 냄새가 너무 심하니까 빨리 오물만 씻어내자며 벌벌 떨고 서 있는 개의 몸통을 샤워기 물로 살살 쓸어내렸고 그게 우리의 첫 만남이었다. 원래는 길어야 삼 개월이면 끝날 인연이었다. 하지만 지금까지 나와 함께 살고 있는 그의 이름은 비스킷이다.

삽살개의 복슬복슬한 얼굴과 골든 리트리버의 분수처럼 화려한 꼬리를 가진 개는 처음 집에 끌려 들어오며 오줌똥을 지린 것 외에는 전혀 배변을 하지 않았다. 개를 데려오기 전 미리 사둔 배변 패드가 무색할 정도로 개는 침묵으로 배출을 거부했다. 방광 건강이 염려되어 이고 지고 끌고 밀며 밖에 데리고 나가면 열 걸음을 채 못 가고 멈춰 서곤 했다. 빨리 쉬야라도 하자고 목줄을 잡아끌면 또 그 자리에 드러누워버렸다. 골목길 한가운데고 공원 잔디밭이고 심지어 길 건너던 도중의 횡단보도 한가운데에도 수틀리면 누워버렸다. 그렇게 정지한 상태로 항복한다고 누워서는 길 가는 사람들에게 구조를 요청하는 것처럼 애타게 바라보고, 꼬리를 치며 모르는 사람을 불렀다. 나는 산책 나갈 때마다 개도둑이 된 듯 쩔쩔매며 어쩔 줄을 몰라했다. 이 노릇을 이 주쯤 했을까, 오피스텔 단지 화단 옆에서 또 돌부처처럼 멈춘 개를 앞에 두고 에라 모르겠다고 같이 주저앉았는데 누군가 다가왔다.

"강아지가 너무 예뻐요. 이름이 뭐예요?" 플루트 소리처럼 곱고도 조심스러운 음성이 들렸다. 흰 원피스(나중에 확인해보니 그는 그날 흰색 원피스를 입지 않았다고 했지만 내 기억 속의 그는 대충 천사 같은 뭐 그런 옷을 입고 있었다)를 입고 내게 말을 건 그 선녀 같던 여자가 슈슈였다. 그렇게 슈슈를 만나고, 곧 미미와 고고를 만났다.

같이 살기

개모임

오피스텔이 많은 마포구청역 근처에는 젊은 사람도 많이 살고, 일정 크기 이상의 건축물을 지을 때 반드시 함께 세워야 하는 이상한 예술 작품도 많다. 그 영문 모르고 활을 쏘거나 노래를 부르거나 낚시질하고 있는 청동상 사이를 20대 주인과 함께 누비는 개 또한 많다. 젊은 직장인들이 대개 여섯시나 일곱시쯤에 퇴근을 하고 저녁 식사를 마친 후에 개와 함께 동네 한 바퀴 돌 때쯤이면 밤 아홉 시 정도가 되는데, 이 타이밍이 맞아 개를 데리고 있는 인간이나 인간을 데리고 있는 개가 안마당에 삼삼오오 모일 때가 있다. 그렇게 서로의 개를 살피고 칭찬하고 개들이 냄새 맡으며 인사하게 두고 가끔은 인사 예절이 마음에 안 들었는지 이빨을 드러내며 다른 개에게 덤비고 이를 말리고 때로 간식을 나눠주며 시간을 보내고 있노라면 다른 개들과 사람들이 점점 더 모여든다.

슈슈와 나는 서로의 개 때문에 처음 만났지만 서서히 인간의 일 때문에 더 자주 만나게 되었다. 그래도 개를 매개로 알게 된 사이라 "개를 집에 두고 인간끼리 카페에 가자!"고 하기까지는 시간이 걸렸기 때문에 알게 된 초반에 우리는 주로 건물 앞마당에서 시간을 보냈다. 이때 점점 자주 얼굴을 비추던 것이 미미와 고고였다. 나중에 알게 된 사실이지만 그 둘은 개를 만지고 싶어서 저녁의 개 주인 모임을 먼발치에서 바라만 보며 부러워했다고 한다. 그러다가 일산에 사는 친구가 자기 개를 며칠만 돌봐달라며 맡기고 간 날 자랑스럽게 남의 개를 앞세워 참여하게 된 거였다. 우리는 나중에 "개모임에 끼고 싶어서 개를 빌려온 애들"이라고 장난스레 놀리기도 했다.

슈슈를 통해 다른 사람들을 만날 수 있다는 건 나 같은 성격의 사람에게 참 다행인 일이다. 세상에 나의 성격 유형만큼 슈슈의 성격 유형도 있어야 조화로울 거라고 생각될 정도다. 슈슈는 내가 듣든 말든 자기가 무슨 생각을 하는지 누구를 만났는지 어떤 일이 있었는

같이 살기

지를 다 말해주는 편인데(내가 안 듣고 있어도 전혀 신경 쓰지 않고 따라서 불쾌해하지도 않는다는 점에서 이보다 좋을 수는 없다) 보통 슈슈의 이야기에 자주 등장하는 사람들은 곧 얼굴도 보게 된다. "○○는 진짜 말하는 게 웃겨. 우리 잘 통해. 언니 얘기했더니 만나보고 싶대." 이같이 다소 노골적인 도입부를 거쳐 만나게 되는 경우도 있고 그냥 어쩌다 보니 여럿이 시간을 보내게 되어 친해지는 경우도 있는데 미미와 고고가 후자였다. 마당에서 자주 만나는 개 주인들과 나는 여전히 상냥한 인사만을 나누고 헤어지는 사이였고 아마 슈슈가 아니었으면 거기 천년 동안 살았어도 사람들과 딱 그만한 거리를 유지했을 것이다.

　개모임을 시작했던 한여름의 기세등등한 해가 떨구어져갈 때쯤 미미와 고고는 상다리가 부러지게 밥을 차려놓고 우리를 초대했다. 나물무침과 따뜻한 생선구이를 먹어본 게 일 년 반 만이었던가 그랬다. 각자의 개들이 왕왕 짖고 맨션 풀옵션의 일부로 각도가 이상하게 붙어 있던 TV에서는 데뷔한 지 이십 년 삼십 년씩 지나 푹 늙은 남자 연예인의 시답잖은 살림살이가 소개되는 와중에 우리는 좀 어색하게 우리의 첫 식탁을 대했다. 직장 상사를 욕하거나 더 나아가 가족과 사이가 좋지 않은 이유를 말하기까지는 시간이 더 걸릴 것이었다. 남에게 뺨 맞고는 살아도 때리고는 못 살고 남이 어지른 걸 치우는 게 어지르고 다니는 것보다 편한 그런 사람들끼리 모인 자리가 으레 그렇듯이 말이다.

한국 여자로, 아시아에서 딸로 크면서 불편함을 몸에 꼭 맞는 옷처럼 익숙하게 느끼지 않기는 꽤 힘들다. 어디 내놔도 흠잡지 못할 만큼 남에게 폐 안 끼치고 준법정신 투철하고 재활용 분리배출을 칼같이 해내는 한국 여자 두어 명이 모여봤자 친구 되기 힘든 이유가 그래서다. 얻어먹고 어떻게 갚나부터 생각하며 쩔쩔매는 게 아니라 순수하게 기뻐하는 사람이 그래서 필요하다. 내가 가진 것 줄 테니 너도 좀 내놓으라고 말할 줄 아는 여자가 모든 그룹에 필요한 것도 그래서다. 미미와 고고가 내놓은 첫 호의의 균형은 그래서, 우리가 정말 다른 네 명의 여자였기에 유지되었다. 우리는 그다음부터 서로의 집에 번갈아 놀러 가 저녁을 먹게 되었다.

같이 살기

네
여자

초반의 어색함과 과장된 예의 차림을 극복하고 나니 우리는 당장 가족이나 다름없었다. 고고와 미미가 함께 쉬는 날이면 받기도 황송한 한식 상이 푸짐하게 차려졌고, 나는 디저트를 사고 설거지를 자청했다. 슈슈는 닭볶음탕과 떡볶이를 자주 시켜줬고 그렇게 가느다란 몸의 어디로 그 음식이 들어가는지 입이 떡 벌어지게 많이, 맛있게 밥을 먹었다. 주말 아침이면 개들과 월드컵공원 강아지 놀이터에 갔다. 산뜻하게 넓은 마포구청 대로변을 우리는 한패를 이루어, 자신 있게 거침없이 웃으며 걸었다. 혼자 개를 데리고 돌아다니는 여자가 하루에 한 번은 꼭 듣는, 지나가는 모르는 남자가 입술을 모아 내는 '쮜쮜' 소리도 들려오지 않았다. 우리는 당당했고 편안했고 안전했다. 개들마저 서로 친해져서 모아놓으면 몇 시간이고 자기들끼리 어깨를 부딪고 장난감을 다투며 잘 놀았다.

　우리 각자의 개성만큼이나 키우는 개의 성격도 달랐는데 나의 개 비스킷은 느긋하고 사람이라면 덮어놓고 좋아하지만 한편 겁이 많고 혼자만의 공간을 필요로 했다. 반면 슈슈의 개 유부는 작은 체구로 지치지 않고 어디든 전력질주해 공을 물어오는 사냥개 타입인데 잘 짖고 고집이 세면서 또 사람에게 달라붙어 있는 것도 좋아했다. 미미와 고고는 아직 강아지 키울 형편이 아니라며 꾸준히 집 없는 강아지들을 임시 보호하다 입양 보냈는데, 오는 강아지마다 한결 편안한 표정이 되어 깨끗하고 건강해져 떠나갔다. 본가에 갈 일이 있거나 여행을 가야 하거나 야근 때문에 귀가가 늦어지면 언제든 서로를 찾아 강아지를 맡겼다. 나는 10층에, 슈슈는 4층에, 미미와 고고는 3층에 살았기 때문에 "나 간다" "알았어"라는 3초짜리 전화통화를 마치고 엘리베이터를 타고 오르내리면 바로 서로를 만날 수 있었다.

　날씨가 좋으면 홍제천을 따라 성산동에서 연남동까지 찬찬히 걸었다. 청둥오리나 백로를 보고 물속으로 뛰어들겠다는 개들을 바투 잡고 횡단보도에 다다르

같이 살기

면 보통 내가 앞서 건너며 혹시 신호에 걸려 못 오는 사람과 개가 없나 살폈다. 강아지 요거트를 파는 가게에서 이천오백 원짜리 요거트를 사주면 강아지들은 숨도 안 쉬고 까만 코에 요거트를 번들번들 묻혀가며 정신없이 먹었다. 사람 네 명에 강아지 두어 마리가 서로서로 돌봐가며 한참 걷고 돌아오면 다들 약속이나 한 듯 각자의 집에서 골아떨어졌다. 낮잠을 늘어지게 자고는 바깥이 깜깜해지면 또 약속이나 한 듯 저녁을 먹으러 모였다. 우리는 일주일 일곱 날 중 일곱 날을 만나도 질려하지 않고 또 건수를 만들어 서로의 집에 들락거렸다. 각자의 가족에 대한 얘기나 회사 사정, 인생 장차 3개년 계획, 꿈과 공포 등에 대해 알게 되었고 블루투스 마이크로 새벽 세 시까지 노래를 불렀다. 대방어회를 떠와 나눠 먹은 며칠 후에 미미와 고고만 회충약을 챙겨 먹었다는 소식을 듣고 치사하다며 엄청 분해하기도 했다.

"내가 카톡 대답을 열두 시간 이상 안 하면 꼭 우리 집에 와서 확인해줘."

가팔랐던 복층 계단을 오르내리다가 어느 날 아침 비몽사몽한 와중에 두 계단을 한꺼번에 내려서면서 중심을 잃어 제대로 넘어질 뻔한 날 나는 단체 채팅방에 그렇게 적었다. 혼자 사는 여자가 죽거나 크게 다치면 늦게 발견될 수 있으니 무슨 큰일이 난 예감이 들면 꼭 나를 찾아와달라고. 그리고 혹시라도 내게 무슨 일이 생기면 비스킷을 돌봐달라고. 개모임은 그러겠노라 대답했다. 내가 연락을 받지 않고 소식이 끊기면 꼭 나를 찾아주겠다고. 내가 세상에 있다는 것을 항상 기억하겠노라고 했다.

대체
다른 여자들은
어떻게 사는데

20대 후반, 유학을 떠나기 몇 년 전에 멘토를 열심히 찾아다닌 적이 있다. 선생님이 절실히 필요했다. 선배가 있던 시절이 그리웠다. 강금실 전 장관의 팬카페에 가입했었다. 순전히 그를 직접 만나고 싶어서였다. 솔직히 그분의 주요 업적이 뭔지도 잘 몰랐다. 그냥 일하는 여성, 사라지지 않고 나이 먹은 여성 그리고 싸우는 여성인 것으로 족했다. 그리고 나는 드디어 강남에서 열린 정기모임에 참가해 지하의 술집에서 그분을 만났다. 저서에 사인을 받으며 물었다. "어떻게 살아야 하나요?" 그때 강금실 전 장관의 얼굴에 잠깐 서렸던 당황한 기색이 아직도 기억에 생생하다. 지금 생각해보면 황당해하실 만도 하다. 어쨌든 그는 잠깐 말문이 막히더니 "어떻게 살긴, 잘 살면 되지"라고 웃으며 대답해주셨다. 당시의 나는 조금 실망했던 것도 같다. 이후 팬카페 활동은 흐지부지되었고 정기모임도 다시 나가지 않았다. 이제는 내 질문이 얼마나 난데없는 훅이었는지 알지만 20대의 나는 멋진 일장연설을 기대했던 모양이다.

　내 수업에 들어오는 많은 여성이 같은 본질의, 조금씩 다른 질문들을 자주 한다. "다른 사람들은 어떻게 살아요?" "앞으로 어떻게 해야 돼요?" 나는 그 질문 속다른 '사람'이 사실은 다른 '여자'라는 걸 안다. 남자들이 어떻게 성장하고 성공하고 영광을 얻는지, 심지어 실패하고 산화하는지까지는 천 갈래 만 갈래의 이야기가 인간의 상상력을 모두 다 써서 제시되어 있지만 여자들이 홀로 사는 존재로 어떻게 잘 살다 늙어 죽는지에 대한 이야기는 심각하게 부재하다. 내가 넘볼 수도 없을 만큼 머리가 좋거나 아름답거나 아무튼 기본적으로 자산이 많아서 따라 할 수조차 없는 여자들의 이야기조차 평범한 남자들의 이야기보다 훨씬 적다. 여자들이 주인공으로 등장하는 이야기들은 주로 여자가 망하거나 죽는 이야기다. 벌거벗었거나 병들거나 멍들거나 눈물을 흘리는, 인생 망하는 이야기들이다. 여자가 망하지 않고 그냥 사는 이야기를 더 많이 해야 한다. 남자와 서사를 섞지 않아도, 그리고 또 눈부시게 성공하지 않더라도 여자가 안 망하고 삼시 세끼 잘 먹고 편안하게 따뜻하게 잘 자고 쫓기지 않고 친구와 잘 지내는 이야기를 해야 한다. 여자 안 망하는 이야기를 앞으로 백 번이고 천 번이고 해야 한다.

　1980년대 이후 태어난 많은 딸이 가족에게 이방인이었다. 막 전성기를 맞이하기 시작하던 한국 출판 시장의 성장과 경제 호황에 발맞추어 책에의 무한한 접근권을 얻고 영상 매체를 탐닉하며 인터넷까지 쓰기 시작한 딸들은 호기심이 많고 부글부글 끓는 에너지가 있었다. 우리는 가보지 못한 먼 곳을 동경하며 동시에 그 먼 곳이 손에 닿을 수 있다는 가능성을 알고 있었다. 이 딸들은 바깥의 세계로 로켓처럼 튀어 나갈 준비가 되어 있었다. 그러나 이제 막 '집을 사고 자식을 대학에 보내야 한다' 종류의 규범을 형성하던 한국의 모부들은 이런 딸자식을 마치 기차역에 앤을 처음 데리러 온 매튜처럼 낯설어했다. 얌전히 공부를 해서 교사나 약사가 되면 좋겠는데, 가족의 성장과 함께 물 흐르듯 움직여줬으면 좋겠는데 왜 이렇게 거칠고 빠르고 서툴까, 왜 이렇게 말이 많고 별스러울까, 그들은 당황했다. 딸들은 무언가를 갈망할수록 자기의 뿌리와 멀어져갔다. 가족들에게서 강요당하는, 혹은 일방적으로 가족에 순종하거나 감정을 쏟음으로써 조금씩 얻어내는 소속감을 억지스럽다 느꼈다. 많은 딸이 마침내 자기의 온전한 작은 세상을, 드디어 내 생각대로 일이 풀릴 가정을 얻기 위해 결혼으로 진입했다. 그리고 '82년생 김지영'이 전국에서 양산되었다.

같이 살기

남자의
운명에서
탈출하기

엄마는 첫딸인 나를 낳았을 때 만 26세였다. 엄마의 우정은 양육을 중심으로 이루어졌다가 흩어졌다가 재편되었고 서로의 아이가 학교에서 어떤 성적을 내고 있는지, 부동산 가격이 얼마나 올랐는지에 따라 미묘하게 이지러졌다 다시 차오르기를 반복했다. 초등학교에 입학하기 전까지 나는 망원시장 입구에 있는 골목에 살았는데 엄마는 엄마와 나이가 비슷했던, 바로 옆집인 수족관 아주머니와 친했다. 아이들을 함께 두고 과일을 깎아 먹이기도 했고 장을 보러 가거나 급하게 볼일이 생기면 서로의 아이를 맡기고 발걸음을 재촉했다. 그러다 무엇이 수틀렸는지 마치 꼬마들처럼 "그래, 잘났다! 잘 살아라!" 소리소리를 치며 헤어지는 사이기도 했다.

자식과 가정과 부동산의 위치에 의해 구성되고 깨어지곤 했던 짧은 우정들. 내가 20대 중반은커녕 30대를 훌쩍 넘어서도 인간관계를 어려워하는 것처럼 엄마도 친구가 그립고 사람이 어려웠을 것이다. 나의 일부이자 내가 지켜야 하는 어린 존재인 자식을 축으로 성립되었던 우정은 자식의 움직임에 따라 휘청였을 것이다. 엄마는 수족관 아주머니와 잘 지내다가도 문득 그의 짙은 화장을 흉보고 그의 별안간 높아지는 웃음소리를 경멸했다. 나보다 한 살이 많았던 그 집 딸이 놀러왔다 돌아간 날에는 나도 눈치채지 못했던, 없어진 내 인형에 대해 밤 늦도록 나를 추궁하며 수족관집의 교양 없음과 나의 강단 없음을 번갈아 저주하곤 했다. 어제는 둘도 없이 서로 다정한 친구였다가 오늘은 그 집 애랑 놀지도 말라고 했다. 나는 이 복잡한 우정이, 드라마틱한 대립과 또 급작스럽게 이어지는 화해가 여자들의 우정이라고 생각했던 것 같다. 당연히 내 가정과 아이들이 먼저이지만 시간이 나고 남는 에너지와 애정이 있으면 만나는 존재 말이다.

　미디어 속에서도 여자들의 우정은 남자들의 브로맨스가 될 수 없었다. 픽션 속에서 남자들이 서로에게 보여주는 존중과 경애, 하다못해 길 가다 어깨를 치면 곧장 사과를 뱉게 만드는 두려움조차 동료 여자에게 가질 기회가 없었다. 여자가 여자들끼리 관계를 형성하고 유지하고 허물고 또 재건하는 과정은 아예 새로 써야 할 인류의 역사로 보였다. 오이디푸스는 아버지를 죽이고 권력과 자기 정체성을 얻는다지만 여자에게는 달리 죽일 괴물도 없었다. 집 밖에 나가 처음 만나는 행인 1도 여자에겐 괴물일 수 있는 폭력의 세계에서, 강간과 모욕과 살인을 항시 주의해야 한다는 여자의 세계에서 괴물은 새삼 만들어낼 대상도 아니었다. 극복할 괴물도 싸울 전투도 떠날 모험도 없이 그저 떠나간 누군가를 그리워하고 남아 있는 무언가를 돌보는 일이 여자의 서사였다. 여자의 우정은 그렇게 남자의 운명을 축으로 움직여왔다. 그리고 이제 그걸 바꿀 때가 되었다. 남자에 종속되지 않음으로써, 나를 낳은 자나 내가 낳을 자에게 지배당하지 않고, 여자가 여자에게 가장 가깝고 중요하고 또 강력한, 그런 아군이자 '안투라지'로서 솟아날 시절이 드디어 도래한 것이다.

로맨스는
진화했을까

반복되는 뻔한 신데렐라 스토리에 대해 많은 이가 불평한다. 세상의 모든 유명한 로맨스는 여자가 왕자를 만나는 이야기라며 경멸하는 태도를 취하기도 한다. 그러나 로맨스는 분명 변했다. 맨해튼 한복판에서 몸을 팔던 여자가 젠틀하고 부유한 사업가를 만나 변신(드레스, 유리구두, 호박마차를 연상케 하는)을 거친 후 약간의 역경(유리구두를 떨어뜨리고 성을 탈출하는)을 거쳐 결국 다시 성으로 들어앉게 되는 해피엔딩이 불과 1990년 작인 프리티 우먼이라면, 2000년대에 들어 여자는 분명 재투성이 아가씨나 성 판매자는 아니게 된다. 주인공 여성들은 이제 섹스 칼럼을 쓰거나, 여행사에 근무하거나, 인테리어 디자이너이거나 혹은 도서관

같이 살기

에서 일하기도 한다. 의사도 있고 변호사도 있다. 자기 명의의 은행 계좌가 있으며 고양이도 키우고 자전거도 타고 차도 몬다. 이 '독립적인' 모습의 새로운 여주인공들은 보통 수입에 비해 좀 버겁지 않을까 싶은, 철저한 계산하에 귀여울 정도로만 어질러진 아파트에 산다. 아침에는 공원을 뛰거나 스피닝 클래스에서 땀을 빼거나 요가를 한다. 혹은 이렇게 철저히 미국식으로 자신을 가꾸진 않더라도, 일본 드라마에 흔히 나오는 것처럼 아르바이트를 열심히 하고 쿠폰을 모아 살뜰히 장을 본다. 자기 삶을 자기가 돌볼 능력이 있어 보인다. 여성 캐릭터가 철저히 무직이거나 집에서 거동을 못 하거나 돈 많은 백수인 경우는 매우, 매우 드물어졌다.

그러나 이런 여성 캐릭터의 혁신적인 변모가 과연 겉모습만큼 달라진 본질을 담보할까? 그들은 여전히 친구들에 의해 무도회에 끌려간다. 여성 캐릭터의 조력자 역할인 동성 친구(때로는 게이 친구)들은 그에게 끊임없이 '너에게는 사랑이 필요하다'며 주문을 건다. 다른 버전으로는 '지난 사람은 새 사람으로 잊는 거다' '가끔은 힘 빼고 놀 줄도 알아야지' '내 대신 소개팅에 나가다오' 등이 있다. 현대의 주인공은 그렇게 해서 남자를 만나는 자리에 앉혀진다. 어쨌든 이 자리에 오기까지 남자 소개를 거절하거나 망설이는 것이 무도회에 너무너무 가고 싶어서 호박이라도 탔던 신데렐라와 다른 점이다. 그런데 '무도회에 가고 싶지 않지만 어쩌다 보니 할 수 없이, 남의 인생에 비대한 관심이 있는 주변인에 의해 마지못해 끌려가는' 독립적인 현대 여성이 신데렐라보다 진보했는가 하면 그렇지 않아 보인다. 이것은 오히려 시대의 요구에 의해 남자가 필요 없다는 태도를 취하고는 있지만 결론은 남자가 연루된 해피엔딩으로 향해야 하는 분열적인 내면을 반영하는 퇴보에 가깝다. 2016년 작 「라라랜드」의 미아는 파티에 가고 싶지 않았지만 친구들에 의해 끌려가는데, 친구들이 그를 둘러싸고 노래 부르며 드레스를 목에 걸어주거나 머리카락에 드라이 바람을 불어대는 모습은 분명 요정에 의한 변신 장면이다.

　직업이 있고 운신이 자유로운 1세계의 현대 여성이 마지못해 끌려간 곳에서 운명의 남자를 만난다는 설정은 그것이 절대 일어나지 않을 일임을 아는 이들에게 비밀리에 낮은 평점을 받고 있었는지도 모른다. 그들을 위한 다른 헐리우드발 로맨스 영화들은 재수 없지만 능력 있는 직장 상사와의 로맨스(「브리짓 존스의 일기」, 2001)와 어릴 적 친구와 재회해 고향으로 돌아가

같이 살기

거나 이국의 시골에서 만난 남자와 사랑에 빠지는 이야기(「프로포즈 데이」, 2010)를 선보인다. 도시의 빡빡한 삶 또는 기존 남자 연인과의 지지부진한 관계에 지친 커리어우먼이 갑자기 별다른 연고도 없는 시골로 날아가 마법같이 잘생긴 남자에게 운명을 느끼는 줄거리가 최근 몇 년간 독버섯처럼 번지기 시작한 것 역시 주목할 현상이다. 삼각관계가 반드시 곁들여지는 와중에 서로의 진심을 오해해서 비 오는 밤길을 달리거나 공항을 향해 시속 150킬로로 밟거나 읽어주지 않는 이메일을 백 통씩 쓰는 등의 이야기들은 한 해에도 전 세계에서 수백 편, 웹드라마까지 포함하면 수천 편씩 생산된다. 이런 로맨스를 정말 아무도 참고하고 있지 않다면, '영화는 영화일 뿐이지'라며 90분의 환상특급을 탄 셈치고 사람들이 잊어버린다면 정말 이렇게 목숨이 질길까? 지속적으로 노출되는 어떤 관념들이 끼칠 해로운 영향 때문에 우리는 태풍에 여자 이름을 갖다 붙이는 관습을 지적해 결국 바꾸지 않았는가 말이다.

'유니콘남'의
조건

너무 노골적인 반복은 자연히 사람들을 지루하게 한다. 때문에 로맨스 서사들도 충실히 캐릭터를 고치고 전개를 고쳤다. 돌이킬 수 없을 것만 같은 험악한 위기를 설정해놓는가 하면(그만큼 극복하기도 힘들기 때문에 갑자기 부분적 기억상실증에 걸리는 등의 무리수로 중화해야 한다) 남자 주인공이 처참하게 못생겨지기도 한다.

그런 21세기 로맨스의 변화구로 가장 큰 포부를 보여준 작품으로는 단연 2015년 작 「나를 미치게 하는 여자」를 꼽겠다. 페미니즘의 아이콘까지는 아니지만 자기 몸을 긍정하고 제 욕망에 충실한 것으로 유명한 에이미 슈머가 믿음직한 주연으로 등장한 데다 꽤 흥행했고 상도 여럿 받은 작품이기도 하다.

주인공인 에이미는 30대 중반의 커리어우먼이다. 여기에 더해 폭음, 캐주얼 섹스, 독설과 냉소로 무장한 그는 사랑을 믿지 않는다. 술 마시고 물건 부수고 방귀 뀌는 신데렐라다. 영화 내내 에이미의 대조군으로 나오는 농구 팀 치어리더들과 비교하면 몸이 뻣뻣하고 상업적으로 아름답지 못하다.(그런데 이런 에이미조차 평소 자기 몸과 식생활을 긍정한다는 에이미 슈머가 목숨을 걸고 한 다이어트의 산물이다.) 그는 느닷없이 친구들 손에 이끌려 파티에 가지도 않고 직장 남상사와 사랑의 줄다리기를 하지도 않는다. 오히려 그런 로맨스 영화를 가장 신랄하게 욕할 것 같은 확신을 주는 캐릭터다. 그러던 그가 사랑에 빠지는 남자는 일하다 만난 의사인데, 로맨스에 기대가 전혀 없고 심지어 일부일처제를 믿지 않던 그는 사랑이 왔을 때 너무도 깜짝 놀란다. 절대 일어날 것 같지 않은 일도 일어나야만 하기 때문에, 이제 로맨스 영화들은 「밴드 오브 브라더스」보다, 「그래비티」보다 치열하다. 사랑의 감정을 만난 에이미는 우주에서 사과나무를 발견한 사람처럼 충격을 받는다. 에이미의 친구는 '한 번 잔 다음에 다시 전화가 오는' 남자는 범죄자가 틀림없다며 경찰에 전화하려고까지 한다. 절세미남에 선명한 복근을 가지진 않았지만 적당히 귀엽고 어벙한 이 농구팀 주치의에게 단단히 반한 에이미는 공원을 거닐며 친구에게 "이 남자가 너무 좋아져서 큰일"이라 고백한다. 적당히 좋아하면 나중에 분명히 찾아올 이별(혹은 천재지변이나 좀비 아포칼립스)에 담담할 수 있을 텐데 그렇지 못해서 어찌해야 할지 모르겠다고 호소한다. 여기서 로맨스 앞의 성별 간 권력 차와 그를 덮기 위한 장치들이 작동하는 것을 볼 수 있다. 아무리 아름다운 여자를 만나도, 심지어 공주님을 만나도 이런 식으로 전전긍긍하는 남자는 로맨스의 역사에 등장하지 않는다. 남자들은 우주최고존엄킹갓제너럴여신어쩌구를 만나도 일단 연애를 시작하면 최선을 다해 사랑하기만 하면 된다.

불행히도 남자가 아닌 에이미는 그때부터 지적인 현대 여성의 공포와 열망과 모순을 더욱 적극적으로 반영하는 캐릭터가 된다. 그는 남자친구가 상을 받는 격식 있는 오찬에서 와인을 폭음하고, 일부러 남자에게 못된 소리를 하고, 말도 안 되는 트집을 잡아 싸움을 건다. 그리고 이런 '있는 그대로의 나'를 어리석은 모습으로 전시하는 여성 인물 앞에서 왕자는 죽지 않았음이 드러난다. 왕자는 '화장실에서 똥 싸는 나라도 사랑해줄' '술 먹고 미끄러져 팔이 부러진 나라도 돌봐줄' 유니

같이 살기

콘으로 다시 태어난 것이다. 유니콘은 주인공이 제시하는 소소한 과제들을 돌파해 스스로 왕자임을 입증하는데, 아무튼 이 '험난한' 여정에 여자친구를 위해 사람을 죽여주거나 인공자궁 이식 후 출산을 해주는 남자는 등장하지 않는다. 여자들이 픽션을 통해 남자에게 기대하는 정서적 서포트란 그저 살아 있는 인간인 자신을 인정해주는 수준이지 실제 세계에서 남자들이 빈번하게 침해하는 여자들의 목숨값 보상이나 여자친구를 위한 대단한 희생은 아니기 때문이다.

이런 로맨스 변화구 작품 속의 유니콘 발견 서사가 완벽한 남자가 아닌 그저 평범한 인간을 만나는 과정으로 보인다면 틀리지 않다. 누구나 싸는 똥과 주사를 '관대하게' 봐 넘겨주면 완벽한 남자가 될 수 있다. 어쨌든 그들은 유니콘이므로, 그를 만난 여자는 부러움을 살 만하다. 이렇게 시험을 거쳐 평범한 남자를 유니콘으로 재발명하는 서사는 결국 고생 끝에 유니콘을 찾는 데 성공한, '남들보다 운 좋은 나'를 전제로 한다. 이는 역경을 딛고 남들보다 아름다운 나를 선택해주는 왕자를 만나는 오랜 이야기와 결이 같다.

그러면 유니콘남은 어떻게 만나는가? 확률을 조금이라도 이해하는 사람은 안다. 운이 좋으려면 그만큼 많이 시도해야 한다는 사실을. 그래서 21세기 여자들은 성에 확실히 존재하는 왕자를 만나러 무도회에 가는 대신 평범한 남자들을 시간이 허락하는 만큼 많이 만나왔다. 한때 미국 싱글 여성들에게 성서와 다름없던 드라마 「섹스 앤 더 시티」의 샬럿은 '운명의 한 사람(the one)'을 찾는 여정에 지쳐 "나는 열여섯 살부터 데이트를 해왔어. 그는 대체 어디 있는 거야?"라고 울먹인다. 「섹스 앤 더 시티」에서 주인공 네 여자가 수많은 데이트를 하며 절박하게 찾는 남자는 그를 있는 그대로 사랑해줄, 폭력 전과가 없었으면 좋겠고 제대로 된 직업이 있으면 더 좋겠는 그만의 유니콘이다. 그들은 때로 "고추만 크면 된다"거나 "멀쩡하게 사회생활만 하고 있으면 된다"고 말하며 때로 자신은 원치 않는 스리섬 요구를 담대한 척 수용하거나 남자의 외도를 용서해준다. 로맨스 속 유니콘남들은 자주 유니콘의 기본조차 지키지 못하지만 여자들은 '이렇게 완벽한 남자(대량살상범이나 연쇄강간마가 아니라는 뜻이다)가 나를 사랑할 리 없다'는 자기 학대적 신념에 골몰한다.

다시 「나를 미치게 하는 여자」의 에이미에게로 돌아가보자. 이 이야기 속에서 연애에 당연히 닥치기 마련인 시련은 그가 스스로 자초한 것이다. 강하고 지적인 이성애자 여성 에이미는 자신의 유니콘을 붙잡기 위해 더 이상 "겁쟁이"(미국발 로맨스 서사에는 남자의 모든 것을 긍정하지 못하는 여성을 어째서인지 '사랑에 겁쟁이'라 해석하는 관습이 존재한다)가 되지 않기로 한다. 그는 용감하게도 남자친구가 일터에서 매일 마주치는 살아 있는 바비인형 치어리더들의 자리에 서서 구애의 춤을 춘다. 남자가 구애하기까지 기다리던 수치스러운 구습에서 벗어나 여자가 남자를 쟁취하기 위해 저돌적으로 움직인다는 점에서 그의 치어리딩은 '성별 역할에서 벗어난 용감한 일'이 된다. 그 저돌적 행위가 팬티보다 짧은 치마를 입고 다리를 찢고 골반을 돌리는, 매우 전형적으로 여성에게만 부과되어온 초과노동이라 해도 어쨌든 에이미는 이때만은 화려하게 꼬리날개를 펼친 수컷 공작인 것이다.

에이미는 결국 사랑을 쟁취한다. 남자친구를 감동시키기 위해 치어리더 유니폼을 입고 덩크슛을 하다 바닥에 처참하게 추락하는 '귀여운' 방식으로. 그의 성취를 함께 기뻐하기 위해서는 스스로를 사랑하고 싶은 커리어우먼이 그나마 거울 속에서 찾아낸 자신의 사랑할 만한 점이 이 같은 '귀여움'이라는 사실을 외면해야 한다. 그리고 남자들이 인터넷 사이트에서 "우린 첫 데이트에 잠자리를 허락하는 여자를 여자친구 감이라 생각하지 않는다. 우리는 두 번째, 세 번째 데이트에서 비싼 레스토랑에 여자를 데려간 다음 불평하고 싶어한다. 그게 우리 본심이다" 운운하는 것을 모른 척해야 한다. 용감하고 자신의 욕망에 솔직하지만 동시에 와인을 너무 많이 마시고 트림을 자주 하며 스물다섯 살은 아닌 여자는 스스로가 사랑스럽다는 사실을 이런 남자들에게 확인받아야만 한다. 똑똑하고 냉소적이며 세상을 충분히 아는 여자가 비좁은 시장에서 유니콘을 건지려면 이토록 모순적인 영역에서 헤엄쳐야 하는 것이다. 스트립 댄스와 유사한 동작을 하는 것이 용감한 일이라 믿으면서 말이다.

로맨스를
손절한다

사실 남자들이 뭘 원하는지는 중요하지 않다. 그들이 가성비 좋은 자취방 여친을 원하든 자기에게 지갑을 열게 하는 여우 같은 여자를 원하든 중요하지 않다. 그러나 현실은 이게 중요하지 않으려면 로맨스 드라마에 남자를 등장시킬 수 없고 남자가 등장하지 않는 로맨스 서사는 (독립영화가 아니면) 존재하지 않는 거나 마찬가지다. '인간은 본래 혼자이기 싫어한다' '사랑은 가슴으로 하지 머리로 하는 게 아니다' 같은 금언들을 끝까지 믿고 따라가기엔 시대가 너무 변했다. 시대가 변했는데 인간들이 안 변했을까? 미디어는 현실을 턱밑까지 추격하며 우리가 욕망하는 것들은 초 단위로 스크린에 반영된다. 그런데 그 반영된 결과를 보면, 베스트셀러 작가인 여자가 남자친구 앞에서 500불짜리 속옷을 입고 섹시댄스를 추고 그의 친구들은 이를 '원하는 것을 얻기 위한 전투'라 명명한다. 그들은 신데렐라라면 결코 하지 않았을 '남자가 원할 만한' 일들을 자발적으로, 즐겁게, 심지어 '더 나은 내가 되기 위해' 수행한다. 신데렐라와 에이미 슈머 본인들조차 서로를 이해하지 못할 것이다. 그러나 이 둘은 본질적으로 다를까? 이 문법에서 탈피하기란 가능할까? 여자들은 '운명의 한 사람'을 찾는 여정을 감내하기 위해 태어난 성별인가? 남자가 스크린에서 자취를 감추어도 우리는 돈 내고 영화를 볼까? 더 정확히는 남자의 시선을 통해 자신의 가치를 확인받을 수 없게 되어도, 우리는 즐거울 수 있을까?

스스로 독립적이고 온전한 여성은 얼마든지 있으며 네가 남자에 목 매는 한심한 여자니까 세상이 그렇게만 보인다고 일축할 수도 있을 것이다. 실제로 나는 수많은 로맨스 서사를 읽고 보고 말해왔다. 그러나 마침내 나는 이 진화하는 듯 조금도 진화하지 않는 로맨스의 변주를 더 이상 주워섬기지 않기로 했다. 여전히 섹시댄스를 여자의 전투로 해석하는 로맨스 문법이 편안하게 받아들여지는 세상에 이제껏 기여해왔음을, 나의 피 묻은 손을 고백하고 손절하는 바다.

혼자인
여자

지금 살고 있는 집에는 넓은 테라스가 있다. 이 테라스를 가지려고 깡패 같은 공인중개사와 싸워 이겼다. 맑은 가을날 인조잔디 위에 담요를 깔고 누워 있으면 개가 다가와서 손을 핥는다. 천국이 여기구나 싶다. 그러나 열린 공간이 마냥 즐거움만을 주지는 않는다. 내가 사는 집은 충분히 고층이니 사람이 기어올라올 수 없을 텐데도 혹시 누가 테라스를 통해 침입하지 않을까 하는 걱정을 자주 하게 된다. 가끔 환청을 듣기도 한다. 보통은 잘못 들었으려니 하고 넘기지만 비스킷이 으르렁거리기라도 하는 날은 바깥 불을 환히 밝히고 스테이크 칼을 들고 미닫이창을 넘어 나간다. 혹시 어디 수상한 그림자가 있지는 않은지 살피면서 "걸리면 입을 찢

어버리겠다"고 허공에 엄포를 놓고 집 안으로 다시 들어온다. 만에 하나라도 정말 누가 내 동정을 살피고 있다면, 모든 여자의 악몽 속에 사는 그자가 정말 나를 해치러 왔다면 내가 싸울 준비가 되었음을 알리기 위해서다. 아마 아무도 없는 바깥에 바람이라도 세게 불어 부스럭 소리가 난 것일 테지만, 그래도 나쁜 꿈을 찢기 위해 베개 밑에 칼을 두고 잔다는 사람들처럼 굳이 칼을 쥐고 나선다.

여자가 혼자 살아 있는 걸 세상은 좋아하지 않는다. 여자들은 아주 어릴 때부터 그런 메시지를 끊임없이 들으며 컸고, 실제로 너무 많은 여자가 죽는다. 혼자 사는 여자는 모두 자기가 혼자임을 외부에 알려서는 안 된다는 것을 알고 있다. 영화 속에서 혼자인 여자가 어두운 골목길을 걷고 있으면 관객들은 다음을 쉽게 예상한다. '저 여자에게는 나쁜 일이 일어날 것이다.' 포식자에게 쫓기는 먹잇감을 비추는 구도다. 이런 식의 서사는 실제 범죄로부터 유래하고, 그래서 여자는 쉬운 사냥감으로 인식되고, 쉬운 사냥감이 돌아다니는 것은 위험한 일이고, 그래서 범죄가 생기고……. 이렇게 허무하리만큼 단순한 인과가 이제 어디를 끊어야 할지도 모르게 뱅글뱅글 돌며 모든 여자를 지배한다. 길에서 아

같이 살기

무 잘못 없이 시비가 걸려도 죄송하다고 먼저 고개를 숙여야 하고, 택시 기사가 쓸데없는 참견을 하다 결국 성희롱을 한대도 운전대 잡은 쪽이 무슨 짓을 할지 모르니까 네네 하고 웃는 얼굴로 답해야 하고, 할저씨가 지나가다 실수인 척 가슴을 움켜쥐어도 속으로만 분을 삭여야 한다. 먹이사슬 하위의 동물은 포식자에게 물어 뜯겨도 죽지 않았음에 감사해야 하는 운명이다. 내가 평생 우울하고 화가 나 있었던 이유 중 하나도 이것이었다. 나는 여성이고 피식자라는 세상의 주문. "지나가다 포식자가 너를 한 대 때려도 너는 똑같이 치면 안 된다. 그러면 더 큰일을 당할 것이다."

나는 어릴 때부터 오늘 죽어도 별로 상관없다는 각오를 함으로써 이 현실의 악몽을 극복하려 했다. 내게는 그도 전략이었다. 세상 남자가 전부 격투기 선수도 아닌데, 나도 팔다리 있고 잘 걷고 잘 뛰는데, 내게 손 끝만 대봐라, 언성 한 번이라도 높여봐라. 나는 사사건 건 싸웠고 소리 질렀다. 손끝으로 남자의 눈알을 파내고 휴대폰으로 관자놀이를 갈기는 상상을 했다. 너 죽을 각오로 나 만진 것 아니지? 난 죽을 각오다. 늦은 밤 집에 들어가는 길이면 편의점에서 병맥주를 샀고 비 오는 날에는 장우산만 들었다. 길에서 여자들한테 헛소리하고 휘파람 불던 남자들, 술에 취한 핑계로 혼자 걷는 여자 방향으로 휘청, 하면 내가 꺄악 소리라도 지를까, 그런 재미라도 보려고 반응을 살피던 남자들이 길고 뾰족한 장우산을 든 날은 평소와 달리 정숙해지는 걸 보고 기가 찼다. 이게 이렇게나 동물적인 일이었구나. 나에게 무기가 있다는 사실이 분명히 드러나면 공격하지 못하는구나. 여자가 짧은 옷을 입어서, 술에 취해 있어서, 그리고 남자 택시 기사에게 감히 반말을 해서 죽어 싸다는 식으로 연출을 늘려 빼는 영화를 보면서 생각을 했다. 나한테 개소리를 하면, 조금이라도 낌새가 이상하면 뒤에서 운전대 잡은 자의 목을 조를 것이다. 도로 위에서 같이 죽더라도 나만 쥐도 새도 모르게 죽어 어디 토막으로 파묻히지는 않을 것이다.

혼자의
MBTI

혼자가 된다는 것은 아주 많은 사회적, 경제적, 문화적 맥락을 포함한다. 성별에 따라 어느 연령대까지 혼인하지 않거나 파트너 없이 지내는 것이 통용되는지가 달라지며 매력이 없거나 무능하다고 낙인이 찍히는 경우와 그렇지 않은 경우가 갈린다. 가정을 꾸리는 편이 독신으로 사는 것보다 빈곤을 막는 데 도움이 되고 심지어 단명하는 것을 방지해준다는 연구도 있고 뭐 그렇다.

혼자가 된다는 데에는 뭔가 상처를 후벼 파는 데서 오는 것 같은 쾌감이 있다. 내가 두려워하던 것이 이거구나, 결국 혼자가 되었구나, 하지만 나는 아직 살아 있구나 하는 것. 나는 혼자가 되기를 택하는 사람들이야말로 그 어떤 MBTI 성격 유형이나 별자리보다 확실한 타입이라고 생각한다. 그들은 공포영화에서 악당이 죽었을 때 그가 진짜 죽었을 거라고 믿지 않는 사람들이다. 주인공이 악당의 시체를 건드려보고 찔러보고 총으로 몇 번이나 쏜 다음에도 갑자기 살아나서 덤비지 않을까 주의 깊게 살피는 이들이 결국 혼자 살게 되는 사람들이다.

나는 원가족을 떠나 여자들과 새로운 관계 만들기를 시도하고 있다. 모든 관계는 사실 등가교환이고 협상이고 거래라는 해석은 상당 부분 진실이다. 주기만 하는 사람은 없고 받기만 하는 사람도 없다. 어떤 대화도 한쪽이 떠들기만 해서 잘 굴러가지는 않는다. 어떤 관계도 매번 한쪽만 식사를 계산하거나 운전대를 잡아서는 동등해질 수 없다. 그러면 자원과 돌봄을 주고받을 대상을 어떻게 선택할 것인가? 어쩔 수 없이 상호작용하고 거래해야 했던 이들이 우리가 여태 살아온 지옥을 만들어왔다면, 혈연관계로 얽힌 누군가, 직장에서 마주쳐야만 하는 누군가, 혼인 관계에 있는 누군가와의 자원 교환이 필연적으로 고통을 수반했다면 이제는 누구와 무얼 어떻게 주고받을 것인지를 적극적으로 선택할 수 있다. 그리고 그것을 스스로 결정할 시간을 충분히 가져야 한다. 시간이 내 편이라는 것을 믿지 않으면 많은 관계가 시작도 되기 전에 망가지고 말 것이다.

같이 살기

쓸모를
증명하지 않는 관계
에 대하여

"여자도 예쁜 여자 좋아해"라는 말에 관해 생각한 적이 있다. 여자가 동성의 아름다움을 미워하지 않는다는 선언일 수 있지만 동시에 어떤 관계 속에서 여성이 항상 인상적이어야 한다는 전제가 이 말에 들어 있지 않은지 고민했다. 딸에게 끊임없는 쓸모의 증명을 요구하는 곳을 떠나온 여자들은 항상 빼어난 인간일 필요가 없어야 하지 않을까. 나는 '줄 것'을 들고 나타나는 빼어난 여자들을 너무도 많이 보아왔다. 그런 이들끼리 서로에게 무엇도 증명할 필요 없이 맺을 수 있는 관계가 필요하다. 여자에게 '살아 있는 값을 치르라'고 요구하지 않는 공동체가 어떻게 돌아가는지 아무도 모른다. 그런 커뮤니티를, 그런 여성을 어떻게 짓는지에 대해 얘기해야 한다. 여자들에게 '너를 해치지 않는 대가를 내놔'라고 말하지 않는 공동체가 필요하다. 그리고 이곳은 점점 더 빨리 붐비고 있다. 우리는 점점 더 많아지고 있다. 아주 신나는 일이다.

골목 끝에 혼자 사는
미친 여자가
되지 않을 것이다

지금 살고 있는 집의 첫인상은 정말 작다는 거였다. 6평짜리 원룸에 익숙한 나에게도 한눈에 작았다. 그러나 그 작은 방의 벽 한 면을 전부 차지하다시피 한 슬라이딩 도어를 밀고 나가자 거기엔 연남동이 한눈에 내려다 보이는, 눈이 번쩍 뜨이는 커다란 테라스가 있었다. 마침 소나기가 지나가고 하늘이 갠 참이라 전경이 정말 근사했다. 깨끗한 하늘에 빗금 같은 구름이 언뜻언뜻 보였고 시원한 바람이 한 줄기 불어왔다. 전면은 탁 트여 예쁜 단독주택인 앞집과 그 뒤의 작은 산을 마주 보았고 뒤를 돌면 내 키를 훌쩍 넘는 나무 펜스가 빽빽하게 시야를 가려주었다. 방 자체는 작았지만 이 집에 살면 이 테라스가 전부 내 것이라고 했다.

거의 평생을 서울에서 살았지만 녹지를 그리워해 본 적은 별로 없었다. 가족과 함께 살았던 집에 침침하고 덜 가꿔졌으나마 마당이 있고 떫은 감이 열리는 감나무가 있었기 때문이다. 한겨울만 빼고는 커다란 미국 바퀴가 자유롭게 집 안팎을 드나들었고 새똥으로 계단이 하얗게 얼룩졌을지언정 나는 그 한 뼘의 녹색을 가질 수 있음을 항상 감사했었다. 하지만 집을 나오고 나서는 상황이 달라졌다. 대부분의 이삼십대가 원룸을 전전하는 대도시에서 내가 비집고 들어갈 초록을 찾기는 정말 힘들었다. 게다가 나는 같은 식물이라도 멋들어지게 낭창낭창한 야자나무 화분이나 몽롱하리만큼 예쁜 꽃다발이 꽂힌 샴페인 병보다 그냥 파란 잔디밭을 갖고 싶었다. 다른 사람들이 오가지 않는, 나 혼자 몇 시간이고 멍하니 앉아 있을 수 있는 푸른 잔디밭. 가당치도 않은 꿈이었지만 오랫동안 마음속에 품고 있었다.

데려온 지 거의 일 년이 지났건만 비스킷은 여전히 집 안에서는 절대 배변을 하지 않았다. 물을 많이 마시게 하고 산책을 안 나가면 언젠가는 배변판에 눌다길래 독한 맘먹고 버텨봤으나 열여섯 시간까지 참길래 두 손 두 발 다 들고 집 앞 가로수에 오줌을 누인 적도 있다. 비라도 오는 날이면 건물 현관을 나서는 순간 엉덩이를 땅바닥에 척 붙이고 나가지 않겠다 버텼다. 당연히 쉬도 응가도 하지 않았다. 우천시에는 배변 활동도 쉬겠다는 식이었다. 저러다 방광이 망가지거나 변비에 걸릴까 봐 애가 타는 건 나뿐이었다. 빽빽한 잔디를 아주 좋아해서 돌바닥은 어림도 없고 흙바닥도 별로라며 잔디밭이 나올 때까지 종종걸음 치는 이 까다로운 개를 건강하게 키우려면 정말 정원이 필요했다.

하루에 세 번씩 산책을 나가며 어찌어찌 함께 첫 해를 보내고, 이제는 정말 비스킷만 사용할 수 있는 녹지가 필요하다고 생각하던 때였다. 녹지라 해봐야 인터넷에서 파는 삼만 원짜리 잔디 패드를 깔아줄 만한 바깥 공간만 있으면 되었다. 찾아보면 못 찾을 것도 없을 거라 생각했다. 내가 나고 자란 서울시 마포구는 1980년대에 지었던, 마당과 대문을 갖춘 구옥들이 많이 헐려 나가고 있는 치열한 집 장사의 전쟁터이기도 했지만 동시에 자기 철학을 가진 건축주들이 온갖 형태의 멋진 소규모 건물을 짓는 곳이기도 했다. 옥탑방이라도 좋았다. 그렇게 마음먹고 찾아 나선 지 얼마 되지 않아, 내가 일하는 사무실에서 걸어서 20분 거리에 이렇게 완벽한 집이 나타난 것이다. 머릿속엔 이미 난간 쪽부터 푸른 잔디 패드를 깔고 있었다. 천연잔디를 전부 깔면 돈이 너무 많이 드니까 배변할 만한 공간만 진짜 잔디를 깔아주고 나머지는 인공잔디를 깔아야지. 화분도 몇 개 사야지. 야외용 테이블과 의자를 가져다 놓고 친구들을 부르자. 한여름과 한겨울에는 좀 힘들겠지만 선선한 가을날에 여럿이 둘러앉아 와인 잔을 기울이며 고기를 구워 먹어야지. 아니, 그건 냄새가 나서 이웃들에게 민폐가 되려나? 그러면 배달 음식으로 만족하자. 아직은 난간이 둘러쳐진 방수페인트 발린 옥상에 불과했지만 나는 이미 빈백 의자에 기대앉아 개와 함께 노을을 바라보는 나를 선명히 떠올릴 수 있었다. 방이 아무리 좁아도 상관없었다. 침대와 작은 책상 놓을 곳만 있으면 되었다. 그렇게 나는 이사를 결정했다.

공인중개사 사무실로 돌아와 집주인의 등기부등본을 확인하고 계약금을 바로 이체했다. 다음주에 임대인을 만나 계약서를 작성하자고 약속을 잡고 돌아왔다. 비가 막 갠 하늘이 환하게 올려다 보이는 옥상 정원이 다 내 것이라고 만나는 사람마다 폰을 들이밀며 사진을 구경시켰다. 동네 사람들, 제 월셋집 좀 보세요. 내 집은 언제 살지 모르지만 일단 나는 일 년 동안 하늘을 마음껏 구경하며 살 거랍니다. 놀러 오세요.

그런데 계약서 쓰자던 날이 되었는데 연락이 없었

같이 살기

다. 오전 열 시쯤에 "안녕하세요. 오늘 계약서 쓰는 것 맞지요?"라고 중개업자에게 문자를 보냈더니 그제야 전화를 해서는 오늘은 만날 수가 없겠다고, 이사하는 당일에 집에서 만나 계약서를 쓰자고 했다. 내가 가만 있었으면 바뀐 계획에 대해 오늘 안에 고지해주기는 했을까, 번개같이 미심쩍은 마음이 들었지만 알겠다고 했다. 일이 바쁘다 보면 잊을 수도 있고, 항상 생각대로 되는 것은 아니다.

좀 더 이상한 일은 다음에 일어났다. 어차피 이사 날까지 계약이 미뤄졌으니 서류상으로 더 할 수 있는 건 없고, 집 치수나 미리 재어보고 그 좁은 공간을 어떻게 잘 활용할 수 있을지 머리를 굴려보고자 집에 다시 가보고 싶다 했더니 세입자들이 계약금만 내놓고 잔금을 치르지 않은 채로 집에 들어가 점거해버리면 현행법상 쫓아낼 방법이 없다며 약속을 잡아 함께 가든지 아니면 미리 잔금을 다 치르라고 했다. 점거 운운하는 말도 해괴한 데다 계약서는커녕 집주인 얼굴도 못 봤는데 한두 푼 하는 것도 아닌 보증금을 미리 다 내라니 어이가 없었다. 이때부터 느낌이 이상했다. 실제 사무실 벽에 붙은 공인중개사 자격증은 55년생 남자의 것이니 나에게 방을 보여주고 연락하는 20대 남자는 아마 중개보조원일 텐데, 이 보조원의 태도가 첫날과는 다르게 영심드렁하고 입만 열면 아무 말이었다.

하지만 방 치수는 재야 했다. 6평이 채 안 되는, 좁아도 너무 좁은 생활 공간에 들여놓을 가구들은 한 치의 오차도 없어야 했다. 다시 중개인에게 연락했다. 비밀번호를 가르쳐줄 수 없고 평면도도 줄 수 없다니 그와 함께 가야만 한다. 마침 직장을 그만두고 쉬고 있던 슈슈를 불렀다. 새로 이사 갈 집의 끝내주는 테라스도 구경하고 치수 재는 것도 도와달라고, 그리고 무엇보다 그냥 거기 있어달라고 부탁했다. 왠지 혼자 그 중개인을 대면하고 싶지 않았다. 첫날의 깍듯한 태도는 어디 가고 이제 네 이사야 어찌 되든 알 바 아니라는 식으로 응대하는 그와 약속한 날엔 비가 왔고 그는 약속 시간이 지나도 나타나지 않았다. 이사 갈 집에 가서 치수 좀 재겠다는 연락은 진작에 했고, 전날 약속 시간 확인도 해둔 참이었다. 그래도 어디냐 쪼아대고 싶지는 않아 "저 도착했어요"라고 문자를 보내자 곧 오겠다는 답장 뒤에 붙은 말이 "미리 말씀을 해주시지"였다. 어제 내가 약속을 확인한 흔적이 뻔히 남아 있는 문자 창에다 왜 연락을 하지 않고 왔냐며 타박을 하는 데에 순간 기가 막혔지만 비 오니까 친친히 오시라 하고는 잊어버

같이 살기

릴 작정이었다. 그런데 도착해서는 빗길에 서서 기다린 내게 또 하는 소리가 "미리 연락을 하시지"였다.

아, 이 사람 뭔가 잘못되었다는 생각이 들었지만 이제는 별 수 없었다. 나는 이미 계약금을 내놓았고 이 집에 살기로 정했으니까. 어쨌든 집 치수를 재고 이사 전에 청소 업체를 불러 미리 청소를 하겠다 하니 그때 도 자기를 대동하라고 했다. 번거로우면 보증금을 다 내라는 말도 다시 했다. 잔금을 다 치르면 월세는 발생 안 되게 해줄 테니 청소를 하든 가구를 들여놓든 마음 대로 들락거리라 선심 쓰듯 말하며 백미러로 내 얼굴을 힐끔 쳐다보았다. 무슨 소굴에라도 들어온 듯 마뜩잖고 가슴이 철렁한 기분이 들었다. 정신을 바짝 차려야겠 다는 생각을 했다. 나 말고 다른 고객들한테도 저러나? 내가 마동석같이 생긴 남자를 대동하고 왔어도 저랬을 까? 어디서 좀 커다란 남자를 구해 옆에 앉히면 좀 나아 질까? 아, 그놈의 마동석. 혼자 사는 여자라면 누구나 한 번쯤 집에 구비하고 싶었을, 휴대가 간편하고 접어 서 보관할 수 있는 만구천구백 원짜리 마동석.

중요한 계약을 하러 갈 때, 모르는 사람과 거래를 할 때, 얕보여서는 안 되는 일이 있을 때 남자를 대동하 라는 말을 살면서 숱하게 들어왔다. 덩치가 크고 위협적인 인상이면 좋다. 문신이 한두 개 팔뚝에 빠져나와 있으면 더 좋을지도 모른다. 그러나 어쨌든 단 하나의 필수 요건은 남자여야 한다는 것이다. 체격이 나보다 작아도 남자면 된다. 지팡이를 짚고서야 천천히 걸을 수 있는 우리 할아버지여도 상관없다. 내가 의사 결정권을 발휘해야 하는 자리에 남자를 동반하면 그가 존재만으로 내게 일종의 명예와 힘을 부여할 것이다. 내가 사기를 당하거나 원치 않는 거래를 하게 될 확률은 현저히 낮아질 것이다. 그게 여태 내가 들어온 말이었다. 실제로 이전에 살던 집, 개모임을 만나게 해준 그 집을 계약할 때는 집주인조차 자기 오빠라는, 한쪽 눈꺼풀이 처진 남자를 데려다 앉혀놓았다. 공인중개사도 집주인도 세입자인 나도 모두 여성인, 조용하다 못해 숨 막히는 분위기에서 그는 인상을 팍 쓰고 앉아 있다가 곧 머쓱해졌는지 나가 있겠다며 문을 열고 사라져버렸었다. 집주인은 내가 여자라는 것을 알고 있었다. 싱글이라는 것도 전해 들어서 알고 있었다. 그래도 자기 명의의 집을 빌려주는 자리에 남자를 데리고 나오지 않을 수 없었던 걸까. 그가 나를 처음 보고 목례할 때의 긴장된 얼굴과 곧 계약서를 훑어 내려가며 풀어지던 안심된 미소가 떠올랐다. 그는 지금 내가 겪는 것과 똑같은 것을 두려워하고 있었던 것이다. 누군가 특정한 인물에게 어떠 어떠한 고약한 일을 당하리라는 구체적 예상이 아니라, 그저 내가 돈이나 집을 쥔 여자이기 때문에 정체 모를 세상의 악의와 싸워야 할 것이라는 각오를 하고 사냥개 를 동원하고 온 것이다.

쓸쓸했지만 한 동네에만 수백 개가 있는 공인중개 사 중 하필 거기 발을 들인 것도 나였다. 어쨌든 이사 를 해야 했으니 잊어버리려 했다. 업체를 불러 미리 청 소를 하고, 이사 당일 오전 10시에 집주인을 만나 계약 서를 쓰자고 했으니 이삿짐 트럭은 9시쯤에 불러두었 다. 그렇게 이사 전날, 짐 정리로 난장판인 집을 잠시 뒤 로하고 강남에 볼일이 있어 갔다가 만원 전철에 부대끼 고 있는데 갑자기 중개인에게 문자가 왔다. "입주 시간 은 언제세요? 계약서 써야 하는데." 오전 10시라 얘기 하지 않았느냐고 답장을 보내자 "집주인이 그때 시간 이 안 되신대요. 빨리 와야 열두시 반이래요"라고 다시 문자가 왔다. 자기가 그때 10시라 하기는 했지만 일이 틀어졌다느니 어떻게 수습을 해보겠다느니 미안하다느 니 그런 말은 한마디도 없었다. 나는 이자가 미치지 않 았는가 생각했지만 당장 내일이 이사였다. 말이 통하지 않는 중개인과 싸우는 것보다 일정을 조정하는 일이 먼저였다. 나는 이삿짐 트럭 기사와 내 뒤에 이사 들어올 입주자에게 전화해 사정을 설명하고 시간을 조금 벌었다. 그래도 짐을 빼야 하는 시각과 짐을 넣을 수 있는 시각 사이에 두세 시간이 떠서 짐 갈 데가 없었다. 건물 관리실에 전화해서 지하주차장에 짐을 부려놓기로 양해를 구했다. 이걸 전화로 처리하는 동안 당황해 엉뚱한 역에서 내려 전철을 반대로 타기까지 했다. 불안이 극에 달했다.

이사 전날 밤을 꼬박 샜다. 짐을 싸느라 분주하기도 했지만 이 이사가 어떻게 잘 끝날지 상상이 가지 않았다. 날이 밝아오는 것을 보며 급히 지원군을 찾았다. 나와 처음 집을 볼 때부터 함께 와주었던 슈슈가 기꺼이 동행을 승낙했고 든든한 친구 윤미 씨에게도 도움을 청하니 흔쾌히 와주겠다고 했다.

황망하고 거지 같은 기분으로 그 사무실에 들어섰을 때는 더욱 황당한 소식이 기다리고 있었다. 건물에는 임대차계약이나 청소 등을 도맡아 관리하는 관리인이 있고 그 사람이 집주인을 대행하는데, 그가 말하길 자기네 건물은 월세 계약할 때 2년이 원칙이라 1년 계약에는 사인할 수 없다는 거였다. 계약금 내던 날 나는 분명히 1년 계약으로 서명했고 이 쥐새끼 같은 중개인

같이 살기

도 분명 "괜찮다"고 했었다. 그런데 이사 시간이 뜬 것만 문제가 아니라 아예 하자 있는 계약을 만들어놓은 것이었다. 집주인 대행이 이제 와서 계약을 거절하면 나는 갈 데가 없었다. 트럭 가득 내 짐이 실려 있고 친구 집에 맡겨놓은 개가 영문 모르고 나를 기다리는 와중에, 새 집으로 이사를 갈 수 없을지도 모르는 처지가 된 것이다.

　다들 우왕좌왕하는 와중에 드디어 20대 남자 중개보조원이 싼 똥을 치우러 60대 남자가 등장했다. 그럼에도 태도가 한결같이 나쁜 쥐새끼는 중개소 벽에 붙은 자격증의 주인인 사장이 보는 앞에서도 내가 항의할 때마다 들으란 듯 한숨을 뱉으며 볼펜을 던졌다. 자기 때문에 고객이 말 그대로 이삿짐과 함께 나앉게 생겼는데 중개업자의 책임 따위는 안중에도 없고 다섯 살짜리처럼 패악을 부리고 있었다. 저 양아치 같은 게! 성질 같아서는 누가 먼저 죽나 치고 박고 싸우고 싶었다. 인내의 한계를 느끼고 고함을 지르고 싶어 움찔움찔할 때마다 나보다 열두 살이나 어린 슈슈가 내 경호원으로서의 제 몫을 다하겠다고 일부러 인상을 구기고 주머니에 손을 찌르고 있는 것을 쳐다보았다. 그가 가끔씩 일어나서 딴에는 위협적으로 연출했을 걸음걸이로 휘적휘적 이 끝에서 저 끝까지 걸어다닐 때에는 그 와중에 웃기기까지 했다. 분명한 과실로 갈등과 손해를 빚어놓고도 미안한 기색은커녕 오히려 자기 기분이 상했다는 것을 2분 간격으로 표현하고 있는 20대 남자 중개보조원을, 늙은 사장은 딱히 나무라지조차 않았다. 마치 문제 많은 아들을 대동하고 합의를 요구하러 온 뻔뻔한 아비처럼 실실 웃어가며 이제라도 알았으니 좋게 처리하자고, 자기가 혼내겠다고 했다. 윤미 씨는 차분히 앉아 대체로 미소 띤 얼굴로, 그러나 단호하게 내가 합의한 계약서에 서명할 것을 요구했다. 나 혼자 왔으면 어떤 일이 벌어졌을지 상상도 할 수 없었다. 그들이 있어주어서 그날 그 시간을 견뎌낼 수 있었다.

그렇게 이삿짐을 다 싸놓은 채로, 이사 당일에 겨우겨우 합의가 이루어졌고 그 사무실에 있던 남자들 누구도 내게 사과하지 않았다. 그날로부터 일 년 육 개월이 지난 시점에도 그들은 '오직 성실과 친절로만 모시겠다'고 온라인에 광고를 하며 광고 밑에는 바로 그 중개보조원의 이름이 적혀 있다. 남자는 무슨 짓을 해야 사라질까. 아무리 일을 못하고 태도가 나쁘고 아무리 고객이 머리털을 다 뽑아버리고 싶다고 열을 내도 그의 잘못은 마치 천재지변처럼 책임자 없는 불행이 되던

같이 살기

그 사무실이 잊히지 않는다. 백 살이 되어도 그 깡패 소굴 같던 공인중개사무소에 품은 적의와 분노는 생생할 것이다. 나라면 절대 하지 않을 종류의 '실수'를 하고도 나라면 골백 번도 더 했을 사과 한마디 하지 않은, 나와 개를 길바닥에 나앉게 할 뻔한 상황을 만들고도 내 돈 삼십삼만 원을 받아 처먹은 그 뻔뻔한 얼굴 말이다.

지긋지긋한 이사가 끝나고 내가 쟁취한 테라스에서 하늘을 보게 되었을 때 생각했다. 마동석 백 명이 와도 우리를 구할 수 없다. 우리가 우리를 구할 것이다. 우리는 서로를 들여다보고 함께 분노하고 비상 연락망에 전화번호를 빌려주고 네게 그런 해코지가 일어나지 않도록 감시하고 보살피면서 서로의 바위가 될 것이다. 우리가 무슨 일을 당하는지, 누가 우리에게 어떤 좌절을, 무시를, 혼란을 일으키고 또 그것을 대수롭지 않은 일이라 기각하고 삭제하려 했는지 기억하고 기록할 것이다. 그들을 현장에서 잡아 불러낼 것이다. 서로에게 보여줄 것이다. 우리는 골목 끝에 혼자 살며 '히스테리'를 부리는 미친 여자가 되지 않을 것이다. 그 여자에게 무엇 때문에 분노했냐고 무슨 일이 있었느냐고 묻는 옆집 여자가 될 것이다. 젊어서는 방긋방긋 웃고 나이 들어서는 입을 꾹 다물고 있어야 겨우 돌아버리지는 않은 여자라며 생존을 허락받는 세상에 종지부를 찍을 것이다. 서로가 서로의 증인이 되어줄 것이다.

같이 살기

가족을
맞는 일

개와 함께 사는 것은 쉬운 일이 아니다. 그 어려움을 감수할 만큼 행복한 순간이 많지만 그래도 개 한 마리를 제대로 키운다는 것은 쉴 새 없는 노력과 훈련을 필요로 한다. 개를 보낼 때는 더욱 어렵다. 혼자 사는 인간이 함께 살던 개를 잃는 것만큼 외로운 일도 드물 것이다.

　　노란 중개를 데리고 와 비스킷이라는 이름을 붙여줄 수 있기까지 몇 번의 동물병원 방문이 있었다. 고작 몇 주 사이 마음에 애착이 생겨 집에 돌아오면 굼실굼실 꼬리를 치며 다가오는 바보스러운 털 얼굴을 못 보게 될 거라는 생각을 견디기 힘들어졌고, 해외 입양을 취소하고 내가 입양하고 싶다고 입양 단체에 전화해 읍소하고 또 허락을 기다리는 나날이 있었다. 시애틀에 가기로 정해지긴 했지만 아직 입양인이 나타나지 않은 터라 차라리 한국에서 내가 평생가족이 되는 게 낫지 않겠냐고 사정해 결국 개는 내 강아지가 되었다.

비스킷의 입양계약서를 쓰던 날 나는 비스킷을 데려왔던 같은 병원에서 갈색 푸들을 한 마리 데려왔다. 해외 입양이 예정된 다른 강아지를 임시 보호함으로써 감사함도 좀 표현하고, 미국에 끝내 못 간 한 마리의 비행기 자리를 다른 강아지가 차지할 때까지 내가 책임지고 싶어서이기도 했다. 보호소에서 붙여줬는지 병원에서 붙여줬는지 이미 라떼라는 이름을 달고 나에게 온 갈색 푸들은 믹스견 셋의 엄마이기도 했다. 아기들은 강아지니까 임시 보호도 입양도 비교적 쉽사리 갔는데, 라떼는 다 큰 개여서 맡아줄 곳을 구하기가 어렵다고 했다. 실제로 만난 라떼는 강아지들이 젖을 얼마나 험하게 빨았는지 젖꼭지 하나가 아슬아슬하게 떨어질 지경으로 위태하게 늘어나 있었다. 버려진 상태로 길에서 임신해 길에서 강아지를 낳고 포획되기 전까지 혼자 힘으로 세 마리를 통통하게 잘 키운, 지친 얼굴의 엄마 개. 라떼를 보면 가슴이 짠해왔다.

개모임은 라떼를 따뜻하게 환영해주었다. 라떼는 특히 미미를 잘 따라서, 미미에게 맡기면 건물이 떠나

가라 날 찾는 소리를 안 들을 수 있었다. 무슨 일을 겪었던 건지 분리 불안이 심했던 라떼를 두고 편의점도 갈 수가 없어서 나는 하루에 세 번씩 분리 불안을 완화시키는 훈련을 했다. TV에서 본 대로 개에게 "다녀올게"라 인사하고 문밖을 나선 다음 열까지 세고 다시 들어오는 단순한 훈련이었다. 라떼는 처음엔 십 초도 못 참고 고함을 질렀다. 혹은 같이 나가겠다고 현관 틈에 코부터 재빨리 밀어넣고 버텼다. 팔에 필사적으로 감겨오는 푸들 특유의 예민함과 절박함이 라떼에게선 항상 느껴졌다. 내가 이기나 네가 이기나 보자는 심정으로 나는 하루에 두 시간이고 세 시간이고 라떼를 문 안쪽에 두고 들락날락했다. 이웃이 보면 수상하게 여길까 봐 일부러 전화기를 만지작거리기도 하고 묻지도 않았는데 강아지를 훈련 중이라고 변명하기도 했다. 나중에는 반복되는 이 노릇이 너무 지루해서 와인을 마시며 하기도 했다. 혼자 와인 잔을 손에 들고 "다녀올게~" 말하고 집 안팎을 들락날락하는 내 모습은 더욱 수상했을 것이다.

다행히 라떼는 천천히 좋아졌다. 십 초는 삼십 초가 되었고 삼십 초는 일 분이 되었고 데려온 지 한 달쯤 지나자 마음 놓고 몇 시간씩 외출을 할 수도 있게 되었다. 원래 라떼를 한 달, 길어야 삼 개월만 임시 보호하면 될 거라 했는데 뉴욕으로 갈 라떼의 자리가 좀처럼 나지 않아 결국 나는 개 두 마리를 키우는 거나 진배없이 되었다. 이대로 라떼가 영원히 미국에 못 가도 나는 라떼를 끝까지 책임지리라 했다. 깡마른 8킬로의 몸으로 우리 집에 와서 어느새 13킬로로 자란 누렁 발바리인 비스킷과 두 팔에 푸짐하게 안기는, 아주 살짝 뼈대가 굵고 목청은 더 우렁찼던 라떼를 내가 그럭저럭 함께 돌볼 수 있었던 것은 개모임의 도움 덕이었다.

분리 불안을 치료해가는 중이니 네 시간 이상을 집에 혼자 둘 수 없어 개모임에 연락하면 언제든 누군가는 도와주었다. 집 근처 필라테스 수업을 딱 한 달 들었는데 그 잠깐 집을 비우는 동안에도 항상 불안했다. 라떼의 분리 불안이 갑자기 도져 또 건물을 들었다 났다 울부짖고 있는 거 아닐까 싶어 아무나 제발 한 번만 10층에 가서 개 비명이 들리지 않나 확인해달라고 하면 집에 있는 누구든 기꺼이 확인하고 나에게 메시지를 보내주었다. 미미는 기를 쓰며 달라붙는 라떼를 특히 안쓰러워했다. 우리 라떼 젖꼭지 이렇게 만들어놓은 강아지 놈이 누구냐고 라떼의 새끼들 사진을 하나하나 손으로 가리키며 랜선 야단을 치기도 했다.

니와 슈슈는 쉬는 날이 맞으면 개들을 데리고 망원

같이 살기

동이나 연남동으로 놀러 가 강아지들을 위한 쇼핑을 하곤 했다. 하루는 동네의 옷 좀 입는다는 강아지들이면 다 아는 옷 가게에 갔다. 하필이면 겨울이 다가오는 시점에 엉킨 털을 싹 밀려버린 비스킷에게 귀여운 패딩 한 벌 맞춰주고 싶어서였다. 만져보면 순하게 사각사각 하는 소리가 나고 쨍한 초록색의 예쁜 패딩 조끼를 비스킷을 위해 골랐는데, 라떼만 안 사주기에는 마음이 아팠다. 라떼의 뽀골뽀골한 갈색 털에 찰떡같이 어울리는 핫핑크색 패딩도 함께 주문하고 가게를 나서는 길에 우리는 한가족 같았다. 미국의 입양 단체에서 라떼를 잊어버리고 다시는 찾지 않는다 해도 우리끼리 잘 해나가겠다 생각했다.

보내는
일

그러나 2019년 새해가 밝기 무섭게 연락이 왔다. 오래 기다린 라떼의 자리가 드디어 났으니 예정대로 뉴욕으로 떠날 수 있게 준비해달라고 했다. 우리와 함께 지내는 반년 동안 라떼는 잔병치레도 없고 잘 먹고 잘 놀아서 심장사상충과 광견병 예방주사 말고는 동물병원에 드나들 일이 없었는데, 이제는 중성화 수술을 해야 한다고 했다. 성북구에 있는 입양 단체 연계 병원에서 막 수술을 마친 개를 데리고 집에 돌아오는 길에 라떼는 마취가 깨어가며 아픈지 구슬프게 앓는 소리를 냈다. 이거 다 낫고 실밥을 풀면 비행기 타고 멀리 갈 텐데, 아프고 괴로운 기억을 주고 싶지 않았는데 라떼는 꼬박이틀을 아파했다.

같이 살기

라떼를 떠나보내는 날이 밝았다. 춥지 않았고 또 가는 길에 좁은 이동장 안에서 답답할까 봐 라떼의 패딩 조끼는 따로 싸서 캐리어에 매달아주고, 돈 허투루 쓰는 일이 없는 미미가 큰맘 먹고 사준 멋진 갈색 니트를 입혔다. 일주일 전에는 새 가족에게 예쁘게 보이려고 빵실빵실한 컬이 살도록 미용도 했다. 개모임 네 명이 모두 공항에 따라가 라떼를 배웅하기로 했다. 미미와 고고는 라떼와 뉴욕으로 떠날 다른 개들과 함께 승합차에 탔고 슈슈와 나는 공항버스를 타고 뒤따랐다. 차 안에서 셀카를 찍으며 마치 당일치기 여행을 떠나는 것처럼 기분을 냈지만 사실 넷 모두 두려워하고 있었다. 헤어지는 순간에 우리는 라떼를 어떤 얼굴로 보내야 할까. 공항에서 다시 만난 우리는 검역소에서 마지막 절차를 마친 뒤 라떼를 데리고 공항 롯데리아에 갔다. 난 저녁 강의가 있었기에 이제는 출발해야 했다. 나를 뺀 셋이서 라떼를 보내주게 될 거였다. 고고의 패딩에 폭 파묻혀 졸고 있는 라떼의 고슬고슬한 정수리를 살짝 만져주고, 아가 이젠 슬픈 일 없는 곳에 가서 잘 살아, 라고 입속으로 작별 인사를 한 뒤 공항을 떠났다.

　수업을 마치고 밤에 만난 셋이 말하길 라떼가 이동장에 타기까지 조용하다가, 문이 닫히고 일행과 떨어지면서 울기 시작했다고 했다. 미미와 고고와 슈슈가 눈이 빨개지도록 울기 시작한 것도 그때부터였다. 너무 늦기 전에 우리가 입양한다고 할 걸, 지금이라도 꺼내올 수 없냐고 고고가 말한 것도 그때였다. 뉴욕 현지에 폭설이 와서 비행기 출발이 늦어졌고, 라떼는 우리가 발을 동동 구르며 시간 맞춰 보낸 보람도 없이 인천공항에만 열 시간을 머물러 있다가 가까스로 이륙했다고 했다. 그 조그만 강아지가 아무것도 이해 못 한 채로 비행기 소음을 견디며 외롭게 앞으로도 열네 시간을 더 가야 했다. 나는 그날 새벽 세 시가 넘어서야 잠이 들었다.

라떼는 뉴욕에서 좋은 가정에 입양되었다. 내가 라떼를 사랑하게 되었고 우리 모두 힘을 합쳐 돌보았으므로 연락이 되면 좋겠다, 꼭 소식을 알려달라고 정성껏 편지를 적어 네 명의 서명까지 해서 보냈건만 이메일도 오지 않았고 인스타그램으로도 소식이 없었다. 라떼가 도착한 뒤 분리 불안이 또 도져 훈련사까지 불러 교육 중이라는 소식을 듣고 라떼를 입양하지 않은 걸 얼마나 후회했는지 모른다. 약 1년이 흘러 전해 받은 두 장의 사진에서 라떼는 특유의 처연한 자세로 호수를 바라보며 앉아 있었다. 라떼는 우리가 아무리 잘 보살펴준다고 애를 써도, 아무리 많은 개와 사람에 둘러싸여 있

같이 살기

었어도 활짝 웃는 얼굴을 보여주는 일이 드물었으니 그 가을 낙엽 같은 등짝이 사실은 충만한 행복을 담담히 표현하고 있는 것이었기를 바랄 뿐이다.

일주일짜리
향수병

사회적 거리 두기 2.5단계의 지시가 떨어진 이후로 나는 재택근무를 하며 되도록 밖에 나가지 않았다. 필라테스 스튜디오도 크로스핏 짐도 닫은 상태에서 아주 마음 놓고 운동마저 놔버렸다. 운동하지 않는 게 더 안전하다잖아, 같은 말 같지도 않은 핑계를 입속에서 중얼대며 일하지 않는 시간에는 홀린 것처럼 옛날 시트콤을 봤다. 시작은 왓챠에서 400회 넘는 방영분을 모두 모아 송출해주는 「뉴 논스톱」이었다. 내가 대학 신입생이던 때와 비슷하게 겹친 시기에 인기를 끌었던 이 20분짜리 콩트는 박경림, 장나라, 조인성 같은 당대 최고의 스타들을 배출했고 숱한 유행어가 세상 빛을 보게 만들었다. "한턱 쏴!"나 "오바다" 같은.

　　　같이 살기

살면서 단 한 번도 내가 예전을 그리워한다는 생각을 한 적이 없었다. 항상 오늘보다 내일이 더 좋았고 삶에의 통제력이 하나도 없던 청소년기나 20대로부터 멀어질수록 행복 지수가 높아진다고 느꼈다. "나이 먹으니까 이렇게 좋을 수가 없다"며 흐르는 세월을 적극 지지하던 나였다. 그런데 외출 자제가 권고되고 해외여행은 꿈에서나 혹은 공상과학 영화에서나 가능할 법한 수상한 시절 탓인지 문득 20년 전의 모든 것이 그립고 아름다워 보이기 시작했다.

20년 전 여전히 홍대 정문에 청동 여신상이 버티고 있을 때, 홍대 앞에서 드물게 '모던'하고 비싸 보이는 인테리어였던 딴또딴또에서는 불그스름한 보랏빛을 띤 채 썬 비트를 생뚱맞게 올린 파스타를 팔았다. 캐노피 침대 모양으로 휘장을 드리운 푹신한 자리가 배치된 카페에서 카프리 맥주를 마시며 소개팅하던 그때를 나는 눈으로 빨아들였다. 지금처럼 홍대 앞이 술집과 포차들로 악머구리 끓듯 하지는 않았던 때, 화방이 하나둘씩 사라지고 휴대폰 대리점들이 대로변에 들어서기 시작했지만 그래도 올리브영과 4성급 호텔은 없었던, 컨버스 운동화를 사고 싶으면 '읍내'인 신촌까지 나가야 했던 예전의 그 홍대. 베이지색 긴팔 니트에 카키색 면바지를 입고 닥터마틴 워커에 체크무늬 루카스 가방을 메면 그렇게 떳떳할 수가 없던 스무 살의 봄, 누구나 핸드폰에 덕지덕지 스티커를 붙이고 안테나에 인형을 달아 대체 남의 전화기와 바뀔 염려가 없던 시절이었다.

　당시에는 열심히 보지도 않았던 「뉴 논스톱」을 숨죽여 응시하며 나는 나 역시 저 한 시절에 속했음을 깨달았다. 어느 시절에나 스스로 아웃사이더고 미운 오리새끼였다 생각했지만 마치 지금을 사는 나를 내가 탈출할 수 없는 것처럼, 싫은 것투성이였던 이십 년 전 나의 세상도 나의 일부였던 거다. 이십 분짜리 시트콤으로 시작된 향수병은 급기야 '그땐 지금보다 모든 게 나았는데'라는 착각으로 슬그머니 나를 몰아가기 시작했다. 당시 유행했던, 땅에 질질 끌릴 정도로 긴 니트 목도리에 낙낙한 울 소재의 떡볶이 코트를 입고 코가 빨개져 춥다고 발을 동동거리는 배우들을 보면 마치 그때의 겨울은 겨울다웠고 지금은 지구온난화 때문에 계절의 운치를 잃었다는 식으로 현실 감각이 변질되었다. 조인성이 걸핏하면 여자친구 역의 박경림을 번쩍 들어 올리거나 양동근이 장나라를 업고 툴툴대며 가로수 아래를 걸어갈 때면 "그때 연애는 더 로맨틱했는데, 지금보다 훨씬 덜 삭막했는데" 따위의 생각을 하다 마치 아빠가 즐겨 듣는 트로트를 좋아하게 된 스스로를 발견한 사람처럼 흠칫 놀라기도 했다. 당시에는 누가 노래방에서 부르기만 해도 청승맞다고 남몰래 혀를 찼던 발라드가 오랜만에 들으니 요즘 노래들보다 가사의 주어 술어도 잘 맞고 기승전결도 뚜렷하다고 혼자 재해석을 하기 시작했다. 요즘 고등학생들은 화장하고 크롭톱을 입어야 또래들에게 뒤떨어진 취급을 받지 않는다던데, 34인치 배기 바지를 질질 끌고 돌아다니면서도 매력적일 수 있었던 과거를 보니 숨쉬기 편했던 시절처럼 느껴지기도 했다. 소셜 미디어 이전의 세계에서는 핸드폰을 쉼 없이 들여다보지 않아도 뭔가 할 게 있었고 손톱으로 눌러 접은 손 편지를 전해주기도 했고 지도 앱이 없어 가끔 약속 장소에서 엇갈리기도 했다.

혼자 멍하니 화면을 보는 동안 나는 배달 음식이라고는 짜장면과 탕수육과 피자 정도였던 그 시절이 대단히 운치 있고 인간다운 아날로그 세상이었다는 기억 조작에 푹 잠겨가고 있었다. 완공된 지 10년도 채 안 되어 교외 데이트 코스로 굳건한 입지를 지키고 있던 일산 호수공원의 풍경이 새삼스러웠고, '인생 맛집'이나 '인스타 핫플레이스'가 없었던 연희동 골목이 그리웠다. 해외 여행은커녕 국내에서의 이동조차 조심해야 하는 시기에 방 안에 틀어박힌 내가 가장 가고 싶은 곳은 20년 전의 홍대였다. 그렇게 일주일이 넘도록 나는 북한보다 가기 힘든, 타임머신을 개발하지 않고서야 영영 돌아갈 수 없을 좀 널널하게 촌스러운 홍대의 골목골목이 그리워 가볍게 앓았다.

그러나 향수병은 곧 가차 없이 끝이 났다. 회를 거듭할수록 남자 배우들이 여자 배우들에게 "아유, 이게 정말!" 하며 고함지르는 것이 듣기 힘들어졌다. 박경림의 기품 있고 단호한 턱선을 계속 네모나다고 놀리는 게 싫었고 그런 괴롭힘을 마치 모두가 즐기는 가벼운 유희처럼 전달하는 게 싫었다. 타고난 외모에 대해 자꾸 언급하는 걸 태연히 받아넘기거나 더 나아가 자조 섞인 말로 스스로를 웃음거리로 만들지 않는 여자를 쿨하지 못한 것으로 묘사하는 게 불편해졌다. 지금은 죽고 없는 사람이 모두 여자라는 것도 씁쓸한 뒷맛을 남겼다. "웬일이니 웬일이니!" 하며 과장되게 박수를 치는 정다빈의 얼굴이 환하고 즐거워 보일 때마다 마음에 그늘이 드리웠다. 가장 안정적인 연기로 극의 중심을 잡아준다는 평을 들었던 김효진이 오로지 남자 때문에 웃었다 울었다 하며 소개팅에 그야말로 목숨을 거는, 사랑에 빠진 어린 연인들을 질투하는 B사감 같은 캐릭터로 그려지는 것도 답답했다.

여자를 점수 매기는 장면이 무해한 장난으로, 일상적으로, 빈번하게 등장했다. 지금 같으면 방송 5분 만에 항의하는 댓글이 빗발칠 장면들이 아득할 만큼 자주 보였다. 슬랩스틱을 차용한다고 여자 배우를 밀치거나 자빠뜨리거나 코피가 터지게 해놓고 웃음을 유도하는 꼴이 잔인하고 저질스러웠다. 그들의 신체가 날아가서 구석에 처박히거나 바닥에 질질 끌리거나 밀쳐질 때마다 지켜보는 마음이 움찔했다.

그 시절 내리던 눈은 아름다웠을지 몰라도 내가 그 눈을 밟으며 느꼈던 절망 역시 진짜였다. 그리고 그 절망의 원인이었던 세계가 이 명랑하고 귀여운 시트콤에조차 깊이 스며들어 있었다. 똑같이 사회체육과 4학년인데 당연하다는 듯이 남학생들만 인턴에 지원하고 정장을 입고 면접에 갔다. 남학생의 여자친구들은 남자친구가 놓고 간 서류를 갖다주겠다고 숨차게 회사로 뛰며 내조를 했다. 극중 대학생인 박경림과 장나라가 졸업 후에 어떤 미래를 그리는지, 뭘로 먹고살고자 하는지, 어떤 야망을 갖고 있는지는 알 수도 없었다. 그 아름다운 회상 속, 한가하고 널널한 홍대의 봄이 품고 있던 어떤 무서운 것, 이제 수면으로 드러난 후에는 마치 감춰져 있을 때가 더 나았던 것처럼 느껴지지만 결국 여자라고 취업 전선에서 밀려나고 승진을 못 하고 때 되면 결혼해서 사라질 일회용 소모품처럼 취급받을, 연봉을 남자의 3분의 2 수준으로 받을, 동등하다는 환상 속에서 로맨스를 누렸으나 결국 어리둥절 배신당할 미래를 그 과거가 품고 있었다.

정권이 바뀌었다 다시 뒤집혔다. 청계천이 복원되어 밤마다 울긋불긋한 빛을 뿜어내고 남산타워는 이름만 얄궂게 'N서울타워'가 되었다. 어린 시절 열광했던 스타들이 몇몇은 죽어 사라져 눈물을 뽑게 했고 또 몇몇은 끔찍하게 실망스러운 범죄자가 되어 우리의 애정을 모욕했다. 분노한 여자들이 메르스 갤러리에 모여 미러링을 시작했고 더 이상 소수자가 되지 않겠다고 반격을 맹세했다. 소모당하거나 이용되지 않겠다며 머리를 자르고 화장품을 버리고 커피 값을 모으기 시작했다. 「뉴 논스톱」의 세대는 82년생 김지영이 되어 가부장의 낭만이 결국 어느 지점에서 여자를 폐기하는지 고발했다.

코로나바이러스가 도달한 2020년의 미래에서는 잠깐씩 이전의 모든 것이 핑크빛으로 각색되어 보인다. 그러나 환상이 깨지고 로맨스가 도려내어진 그 지점에서, 허울 좋은 낭만과 일시 정지한 젊음이 그 한계를 보인 바로 그 영토에서 나는 지금을 살아가자고 마음먹었다. 소라넷과 n번방이 뭔지 아는 미래에서는, 셀 수도 없이 많은 여자애의 인생을 기꺼이 즐거이 시궁창에 처박은 손정우가 결국 미국으로 송환되지 않은 것에 분노하는 우리는, 남자친구가 카톡방에서 나에 대해 무슨 얘기를 하고 있을지 불안해할 바에야 헤어질 결심을 할 수 있는 우리는, 그래서 결국 좀 더 강해진 것이다. 여자들의 시계가 인류의 시계로부터 분리되어야 한다는 것을 어렴풋이 깨달은 지금에서는 지금이 미래임을 안다. 미래가 이미 도달했으며 그때에는 돌아보는 것이 아무 의미 없음을 안다.

확장하는
소우주

집을 나오기 전부터 조금씩 글을 썼었다. 내 업인 언어에 대한, 그리고 남의 언어를 갖고 산다는 것에 대한 글이 어느새 책 한권이 되었다. 책이 나온 가을, 겨우겨우 딱 하루 휴가를 맞춰 개모임 다 같이 가평으로 일박 여행을 떠났다. 요리가 업이기 때문에 좀처럼 주말에 쉴 수 없고 게다가 남들과 휴가를 맞추는 일은 더더욱 힘든 미미와 고고가 힘들게 얻어낸 귀중한 일박이었다. 슈슈와 나는 이미 예전부터 비워놓은 대망의 그날이었다. 개들을 모두 데리고 슈슈의 여자친구가 운전하는 SUV를 꾹꾹 구겨 탄 마음은 이미 너무도 화창했다. 우리를 만나게 한 성산동의 기숙사 같던 건물과는 계약이 다들 차례로 만료되어 뿔뿔이 흩어진 후였다. 슈슈는

같이 살기

유부와 함께 은평구로, 미미와 고고는 보호소에서 입양한 믹스견 다나를 데리고 강북구로, 그리고 나와 비스킷은 마포구에 남았다. 우리가 관계를 유지하기 위해서는 별 용건도 없이 하루 종일 울려대는 단체 카톡방으로는 부족했다. 만나서 마주 보고 웃고 대화를 나누고 아직도 우리의 농담이 서로에게 유효한지 살피는 시간이 필요했다.

영 형편없는 숙소를 고른 내 탓으로 다들 잠자리는 편치 못했지만 즐거운 여행이었다. 장을 내가 봤고 미미와 고고가 일일 셰프를 자처했으며 이동은 슈슈(와 그의 여자친구)가 전담했다. 삼겹살과 목살이 익어가고 와인 잔이 부딪히는 와중에 개들은 그저 신나게 뛰어놀기만 하면 되었다. 개모임은 나의 첫 책이 출간된 역사적인 순간을 기념했으며 우리가 만나 아주 작은 소우주를 이룩하였고 그걸 잘 유지하고 있다는 역사적인 사실이 지금 나의 두 번째 책으로 쓰이고 있다. 그래서 나의 인생은 아주 깔끔한 액자식 구성으로 맞춰져가고 있다. 이번 책이 나온 뒤에도 꼭 시간을 내어 사람과 개들이 모두 여행을 다녀올 생각이다.

우리가 처음 만난 지 거의 삼 년이 다 되어가는 지금, 슈슈는 운전면허를 땄고 미미는 회사를 그만두고 새로운 커리어를 모색 중이다. 얼마 전에는 집주인이 되기까지 했다. 서울의 서쪽과 북쪽으로 갈라진 개모임의 두 지부 사이를 내가 비스킷과 부지런히 오간다. 집 근처 작은 공원이 답답해지면 미미와 고고가 사는, 너른 중랑천이 코앞인 그들의 집으로 달려간다. 친구까지 포함해 여자 셋이 사는 그 집에는 살림집 태가 나는 정리 잘된 냉장고가 있는데, 내가 가는 날이면 신경을 써서 식재료로 이것저것 만들어주곤 한다. 훈제오리도 볶고 월남쌈도 만들어 아껴두었던 조니워커 블랙을 딴다. 감사의 표시로 내가 망고빙수 배달을 주문하면 다들 거실에 늘어져 「개는 훌륭하다」를 본다. 현관 키패드 소리에 짖는 개를 어떻게 훈련시켜야 한다더라, 먹을 것에 집착하는 개는 밥그릇을 특별한 종류로 바꾸어야 한다더라 토론하며 각자의 개를 쓰다듬는다.

은평구에 사는 슈슈네에 모이면 주로 일산의 강아지 운동장에 데리고 가준다. 개모임은 최근 일산으로 세력을 확장했는데, 비스킷과 울산에서 함께 구조된 자매 강아지로 맺어진 인연이다. 사교적인 슈슈가 만든 단톡방에서 누구든 "한판 뛰러 가고 싶다"고 말을 꺼내면 신속하게 장소와 시간의 탐색이 이루어진다. 그리고 일산 서구에서, 일산 동구에서, 은평구 신사동에서,

같이 살기

마포구 연남동에서 여자들이 개를 데리고 모인다. 여러 번 만나 이제 친해진 개들이 함께 뛰어놀도록 두고 우리는 피자와 김밥, 마카롱을 테이블에 늘어놓는다. 운동장 대여료는 n분의 1이지만 가져오는 음식은 각자의 자유다. 이제는 안 입는 강아지 옷을 물려주기도 하고 새로 취미를 붙인 목공예 클래스에서 만든 강아지 식탁을 선물로 주기도 한다. 경기도에서 개에게 가장 친화적인 동네가 어디일까, 그 동네로 이사가도 될까를 심도 있게 토론하며 지난 케이펫 박람회에서 받은 간식을 나눈다.

생존자를
세던
밤들

나에게는 삶에 대한 오랜 두려움이 있다.

성수대교 붕괴, 삼풍백화점 붕괴, 세월호 침몰. 이것들은 차라리 멀쩡히 걷고 있던 땅이 꺼지는 싱크홀이 덜 억지스럽다고 생각할 정도로 있어서는 안 되는 사건이었다. 삼풍백화점이 주저앉았을 때 나는 중학생이었다. 여름방학 내내 아침에 일어나 오늘은 구조된 사람이 있을까 눈을 비비며 텔레비전 앞으로 다가앉았다. 백화점이 이렇게 무너질 수 있는지 몰랐고 결코 알고 싶지 않았다. 붕괴가 일어나고 수십 일이 지나서도 건물의 잔해 아래에서 꾸준히 생존자들이 발견되었고 언론에서는 마치 마라톤을 완주한 사람을 반기듯 앞다투어 팡파르를 울렸다. 무슨 경주 같기도 하고 대회 같기

같이 살기

도 했다. 그 큰 건물이 어떻게 해서 그런 꼴이 되었는지, 누구에게 책임이 있는지 뭘 개선해야 할지는 훨씬 적게 다루어졌다. 그렇게 열세 살의 여름이 흘렀고 나는 삼풍백화점을 잊었다.

그날 아침 나는 열 시쯤에 비몽사몽 잠에서 깨어 시간을 확인하고 트위터에 접속해 뉴스를 훑었다. 눈에 띄는 뉴스는 "제주도로 가던 여객선이 침몰했으나 승객 전원 구조"라는 헤드라인이었다. 나는 '당연하지, 그럼 제주도 가는 길에 누가 물에 빠져 죽어?' 생각하고 실제로 입 밖으로 "치……" 하는 소리도 냈던 것 같다. 안심하고 다시 잠들었다가 일어나 거실 TV를 켰을 때는 뉴스 속보가 쏟아지고 있었다. 아까 그 여객선이 사실은 가라앉는 중이고 아직도 사람들이 타고 있으며 모두 구조되었다는 건 오보라고 했다. 나는 경악 속에서 점점 가라앉는 배를 지켜봤다. 사람들이 우왕좌왕하며 뛰어내렸다. 삐뚜름하게 가라앉고 있는 거대한 배 주변을 구명보트가 안타깝게 빙빙 돌고 있었다. 아직도 삼백 명이 넘는 사람이, 아이들이 갇혀 있다는 자막을 반복적으로 바라보며 너무나 많은 질문과 황당함에 꼼짝 못 하는 사이 배는 옆으로 누웠다가 죽은 물고기처럼 뒤집히기 시작했다. 창문이라도 여럿 보이던 배의 윗부분이 이제 전혀 수면 위에 드러나지 않았다. 보이는 거라곤 완강한 철판뿐이었다. 사람이 뚫고 나올 수 없는 부분만이 무심한 바다 위에 겨우 떠올라 있었다. 저 안의 사람이 살아 있을 수 있을까? 누군가 몸부림치며 물속에서 질식해가고 있지 않을까? 숨이 막혀왔다.

그리고…… 21세기 한국에서, 제주도로 놀러 가던 배가 가라앉고 있는데 사람들이 그 안에서 고스란히 생매장당하는 꼴을 전 국민이 생방송으로 중계받았다는, 수백 명이 죽어가는 걸 무슨 스포츠 경기처럼 뻔히 보면서도 아무것도 하지 못했다는 실감이 망치처럼 내 머리를 때렸다. 나는 서른이 넘은 어른이었고 어른으로서 학원에서 중학생들을 가르치고 있었다. 학교 선생님만 한 사회적 승인은 없다 해도 우리 애들에게 느끼는 애정과 책임감은 교사 못지않았다고 자신한다. 5년째 같은 학원에서, 같은 동네에서 애들이 내 강의실에 들어오고 또 자라 떠나는 걸 겪으며 나는 애들이 멀쩡하게 건강하게, 결코 털끝 하나 다치지 않고 온전하게 상급 학교에 가고 또 대학에 가고 야망과 꿈을 펼치러 멀리멀리 떠나도록 도와주는 전진 기지에 있다고 믿었다. 성적이 떨어지거나 원하는 좋은 고등학교에 못 가는 게 세일 큰일이었지 저렇게 허망하고 잔인하게 세상에서

같이 살기

사라져버리는 건 상상조차 못 한 일이었다. 여의도에서 일하던 나와 안산 단원고의 학생들은 물론 접점은 없었지만, 거기 내가 아는 얼굴이나 이름은 하나도 없었지만 그래도 그들은 모두 아이들이었다. 길에서 담배 피우는 미성년자에게 괜히 시비 거는 꼰대의 마음과 한끝 차이인 감상주의라 해도 할 말은 없지만 모든 공부하는 10대는 다 얼마간 내 학생들이었다.

사람이 저렇게 많이 죽어가고 있는 꼴을 생생하게 집에 앉아서 보다니. 그러고도 아무것도 못 하다니. 나는 그 일주일 후에 뉴욕으로 날아가 친구들을 만났다. 그리고 "무언가를 사랑하기 불가능한 게 한국인 것 같다, 뉴욕에 정말 다시 오고 싶다"고 울면서 말했다.

다리가 무너지고 백화점이 무너져서 그 잔해에 깔린 사람들이 겨우 빠져나오는 방송을 매일 보던 여름방학을 지나 이제 내가 어른이 되었는데, 마치 벗어날 수 없는 업보의 굴레처럼 이번에는 배가 가라앉았고 혹시 생존자가 있을지 없을지에 대해 연일 전문가들이 머리가 터져라 고민하는, 지켜보는 사람은 사실 포기한 통곡의 풍경을 또 겪었다. 내가 사랑한 사람이 저 안에 들어 있었더라면 미치지 않았을까 싶었다. 당시만 해도 자식을 안 가질 확신을 갖지 않았던 나는 이 나라에서

애를 키우기는커녕 학생들에게 떳떳한 어른 노릇도 못하겠다는 생각을 하고 있었다.

책임자가 끝도 없이 나오고 비밀이 드러나고 또 묻히는 동안 지독한 공포를 느끼면서 나는 다시 생각했다. 이렇게 두려운 것은 혹시 또다시 나뿐일까? 살면서 십수 년을 지겹게 들었던 말처럼, 나만이 예민하고 유별난 것일까.

같이 살기

유난스러운
여자의
생존

미국 유학을 떠나기 전 나는 숙명여대에서 학점 이수를 위해 자격증 코스를 밟고 있었다. 일주일에 서너 번은 6호선 효창공원역을 오르내렸다. 한창 학기가 막바지를 향해 달려가던 초여름의 어느 오후, 집에 돌아가려고 전철을 탔는데 한 남자 노인이 좀 작은 크기의 LPG 가스통을 발치에 세워놓고 태연히 앉아 있는 걸 차가 출발하기 직전에 목격했다. 내 눈을 믿을 수 없었고 동시에 머릿속에서 사이렌이 울리기 시작했다. 객차 안의 사람들이 그 가스통을 전혀 인지하지 못하고 태연히 앉아 있는 것은 더 믿을 수 없었다. 가스통이 인파에 숨은 것도 아니고 선 사람이 거의 없이 시야가 모두 확보되었는데도 나 말고는 아무도 본 이가 없는 것 같았다.

벌어진 입을 다묾과 동시에 나는 열차에서 뛰어나왔다. 열차 출발 전 그 노인과 가스통을 휴대폰 카메라로 찍어두는 것도 잊지 않았다. 전철 문마다 붙어 있던 핫라인에 전화하니 담당자는 당황하며 다음 역에서 찾아 하차 조치하겠다고 했다.

대구에서 지하철 화재로 백 명이 넘게 죽은 처참한 사건이 있고 천 년이나 지난 것도 아닌데, 이 열차 안에 탄 사람 대부분이 그 비극에 대해 알고 있을 텐데 가스통을 든 노인이 아무 제재도 받지 않고 역내에 들어와 전철을 타고 그것을 누구도 신경 쓰지 않는다는 사실이 놀랍고 무서웠다. 나중에 고등학교 동창들을 만난 자리에서 '나의 황당함에 동의해달라'는 의미로 핏대를 올리며 이 이야기를 전했을 때 그 자리에 있던 여섯 명은, 정말 한 명도 예외 없이 "할아버지가 그럴 수도 있지, 전철에서 누가 화기를 켤 가능성이 얼마나 되냐"고 나를 또다시 유난스러운 자로 만들었다.

나는 외로웠다. 친구들이 결혼하고 아이를 낳으며 조금씩 변해가는 동안 나는 여전히 별나고 이상한 것들을 지적하는 그때의 그 여자애 그대로인 것 같았다. 여길 떠나는 수밖에는 하나뿐인 삶을 제대로 살 방법이 없을 거라 여기던 차에 또 배가 가라앉고 생목숨이 죽

같이 살기

고 관계자와 권력자들이 서로에게 책임을 떠넘기며 싸웠다.

　이제 나도 어른이 되었는데, 세상이 이렇게까지 기괴하고 잔인한 데에는 나도 기여를 했을 텐데, 어제 태어난 것처럼 시치미를 떼고 나는 여기와 완전히 분리된 존재라고 말할 수는 없을 텐데, 그래서 이젠 책임을 져야 할 텐데 어디서부터 어떻게 책임을 지고 살아야 하는지 알 수가 없었다. 잘못된 하나를 해결하고 다음으로 넘어간다는 원칙을 갖고 살면서는 남들이 다 하는 것처럼 인생의 단계 단계를 순조롭게 밟아가지 못할 거였다. 원가족 안에서 불행했지만 그것을 해결할 방법을 찾지 못하였으므로 그러한 가족을 다시 만들지 않겠다고 결심한 이상한 여자로서는, 아마 존재 자체가 행복한 정상가족의 심기를 건드릴 그런 또라이 여자로서는 매일매일 가슴이 철렁 내려앉고 무서운 일과 화나는 일만 계속되는 삶을 살 거라 생각했다.

　그러나 오로지 화를 내고 슬퍼하기만 하다가 생을 끝내기는 싫었다. 길에 가래침 뱉는 아저씨에게 매번 들으라고 큰 소리로 욕을 할 수도 없고 인도를 쌩하니 달려가는 오토바이를 향해 뭘 던질 수도 없는 노릇이었다. 하나하나 신고하거나 항의하기에 그들은 너무나 많고 너무나 태연했다. 나만 미친 애였다. 전철 안에 가스통을 끌고 들어온 노인을 경찰에 신고할 정도의 단호함조차 없었다. 내가 목격하는 불의와 비위생과 무례와 위험에 대해 얼마나 날뛰고 얼마를 지적해도 무엇도 나아지지 않을 거라는 확신만 하루하루 강해졌다. 나는 매일 조금씩 죽어가고 있었다.

같이 살기

죽을 생각으로 살기
를 그만두다

나를 다시 살고 싶게 만든 것은 여자들이다. 젊은 나이에 억대 연봉을 받는다며, 사업체를 차렸다며, 외제차를 여럿 타봤다며 이 모든 게 정말 대단하고 칭송받을 일이니 너희도 나에 대해 잘 알아두라며 이름이며 얼굴을 드러내고 떠벌리는 또래 남자들과는 달리 정말 빼어난 능력을 갖고도 주변의 시기를 받을까 봐, 누가 해칠까 봐 조용히 사는 똑똑한 여자들이 있었다. 남의 외모나 나이를 헐뜯지 않고서는 농담 비슷한 것도 지어낼 수 없는 남자들이 지긋지긋했을 때, 저들이 정말로 인간의 평균을 대표하는가 하고 좌절했을 때 여자들이 있었다. 익명 뒤에서 진짜 알짜배기 충고를 해주는 능력자들이, 떠벌리지 않고 후원 계좌에 조용히 입금을 쏴

주는 '히어로'들이 다 여자였다. 십오 년 전에는 떠들썩하게 제가 세상을 바꿀 기술을 개발해냈다고 하다가 이제는 자기들이 만들어낸 세상이 사람들을 외롭게 한다고 비장하게 평가를 놓으며 또 세상을 바꾸자고 하는 실리콘밸리의 남자 백만장자들에 신물이 날 때, 억대 연봉을 포기하고 직함을 버리면서 자기가 했던 일을 고백하고 회사가 하는 일을 고발하며 외로운 싸움을 시작한 여성 테크 거인의 기사를 읽고 마음을 가다듬었다. 천천히 손을 바닥에 짚고 일어났다. 고개 돌려 어깨 너머를 힐끗 볼 생각도 못 할 만큼 무섭다가, 길을 건너다가도 '그럼 죽지 뭐' 하다가, 아주 천천히 내 호흡이 돌아왔다.

밀레니얼 세대가 드디어 제 인생을 책임질 만큼 정신적, 재정적으로 성숙했는가를 재는 여러 지표 중 하나로 농담처럼 "매트리스가 아닌 침대 프레임을 갖고 있는가?"를 묻던 때가 있다. 나는 집을 나온 후 한 번도 침대를 가져본 적이 없다. 항상 십만 원 내외의 매트리스를 사서 나무로 된 깔판 위에 얹고 강아지가 마음대로 오르락내리락하게 뒀다. 내가 가진 '임시로 살고 있다'는 증거가 하나도 부끄럽지 않았다. 좋은 그릇이나 가꿀 정원을 원한 적도 없었다. 가끔 친구들이 집에 놀

같이 살기

러 와서는 손바닥만 한 구천 원짜리 휴대용 드라이기를 보고는 심란하다며 역정을 낼 정도로 나는 지금 당장 버려도 미련이 없을 만한 것 외에는 집에 들이지 않았다. 언제든 가방 하나와 개만 들고 어디로든 떠나서 새로 시작할 수 있도록 가뿐하게 살겠다는 것이 나의 모토이자 자부심이었다. 여기서 죽을 수는 없다고 했다. 반드시 어딘가 있을 내 사람들을 찾겠다고, 전 세계를 돌아다녀서라도 찾겠다고 했다.

집을 나온 후 여자들을 만나 그들과 협력하고 밥을 먹고 함께 뒷정리하고 길을 떠났다 돌아오며 나는 세간을 하나씩 마련하기 시작했다. 누가 찾아오면 앉을 수 있도록 소파를 사고 소파에 올릴 쿠션을 사고 소파에 흘린 음료수 얼룩을 가리기 위해 포근한 니트 담요를 얹었다. 컵과 와인 잔을 네 개씩 세트로 들여오던 날은 찬장 문을 닫으며 왠지 가슴이 뿌듯했다. 얼마 전에는 침대 프레임도 샀다. 개가 편히 오르내릴 수 있는 낮은 것으로 했지만 침대는 침대다. 매트리스를 바닥에 놓고 살던 때와는 다르다.

원가정의 36평 집에서 신혼의 28평 아파트로 옮긴, 그런 인생을 사는 평행우주의 내가 있다면 지금의 나를 보고 인생 망했다고 슬퍼했겠지만, 지금의 나에게는 매트리스에서 침대로의 변화가 인생의 분수령이다. 어딘가에 뿌리를 내리고 마을을 짓겠다는, 지금 여기서부터 진짜 집을 만들어보겠다는 결심이다. 원룸이나마 내가 고른 집에서, 이만 원짜리지만 내가 조립한 가구를 들이고 내 방식대로 동선을 구성하고 배치한 집에 사는 나는 의외로 정리를 잘하는 사람이었다. 인테리어 잡지에 나올 기가 막힌 감각을 발휘하지는 못해도 내가 안락하게 느낄 정도의 집을 만들 줄 알았다. 내가 한 공간의 주인이 될 수 있다는 것을 이제야 알았다. 책장 하나, 이불 한 채도 내 마음대로 고를 수 없었던 모부의 집에서 항상 치우지 않고 게으르고 지저분하다는 말을 듣고 살았다. 너는 병이라는 소리를 들으며 그런 줄만 알았다. 그런데 나는 아주 작은 공간에서도 간단한 물건을 가지고 적절하게 살림을 운용할 줄 아는 사람이었다. 내게 공간을 통제할 능력이 있다는 것을, 오랜 무기력에서 빠져나오기만 하면 사람답게 살 수 있다는 것을 가족으로부터 분리되고야 깨달았던 것이다. 나는 요거트 제조기나 쓰지도 않을 운동 기구를 집에 들이지 않는다. 멋진 그릇에 심드렁하고 한번 옷을 사면 구멍이 나도록 입는다. 그러나 철마다 한 번 청소 전문가를 불러 집을 소독하고 이집션 면으로 된 침대 시트를 깔고 초록

같이 살기

식물을 들이는 데는 돈을 아끼지 않는다. 혼자 결정을 내릴 수 있게 된 나는 그런 선택을 하는 사람이었다.

비명으로
시작되는

사실 메르스를 처음 옮아온 건 60대 남자였는데도 전염병이 돈 원인은 여하간에 여자들 때문이라며 물어뜯는 남자들 때문에 한 인터넷 커뮤니티가 들끓었고, 원래 무서운 신종 전염병에 대해 이야기할 용도로 만들어진 그 게시판은 분노한 여자들이 집결하는 곳이 되었다. 여자들은 검은 옷을 입고 얼굴을 가리고 뙤약볕 밑에 앉아 함께 맹수처럼 소리쳤다. 지나가며 비웃는 남자들에게 위축되지 않고 되레 쌍욕을 날리며 가운뎃손가락을 세우는 용사가 되었다. 동네 꼬마처럼 분노하는 게 시작이라면 동네 꼬마처럼 시작할 것이었다. 아직 울지 않고 화낼 방법을 모른다면 울면서 비명을 지를 거였다. 이렇게 사느니 죽을 각오로 싸울 생각이었다. 아무

짓 안 해도 대역죄인이 되고 죽임을 당하는 마당에 무서워할 후환도 없다고 했다.

　　10년 전쯤에 전철역에서 나와 걸어가는 나를 어떤 남자가 따라온 적이 있다. 퇴근길의 위안을 얻고자 집 앞 골목에 진입하기 직전에 맥주를 샀다. 원하는 브랜드의 맥주가 캔으로 없어서 할 수 없이 무거운 병맥주를 두 개 사서 천가방에 넣었다. 그리고 어두운 골목을 걷는데 뭔가 이상했다. 아까는 내 앞에서 휘파람을 불며 걸어가던 남자가 어느새 내 뒤에 있었다. 발소리가 좀 이상한 패턴으로 빨라지는 것 같았다. 집이 가까웠기에 일단 뛰었다. 그리고 대문 앞에서 돌아섰다. 설마 했는데 은색 패딩에 머리를 빡빡 민 남자가 코앞에 씨근대며 서 있었다. 가로등을 등지고 있던 그 얼굴 윤곽이 아직도 기억에 선하다. 나는 믿을 수 없어서 소리를 질렀다. 공포와 혐오와, 무엇보다 분노가 담긴 소리였다. 남자가 돌아서서 뛰기 시작했을 때 나는 잠시 멍하니 서 있다가, 곧 몰려오는, 마치 물구나무를 섰을 때 얼굴로 피가 쏠리는 것 같은 분노에 사로잡혔다. 눈앞이 캄캄해질 정도로, 너무나, 너무나 화가 났다. 가방에서 맥주병을 꺼내 거꾸로 들고 씨발놈아! 씨발놈아! 하며 뛰기 시작했다. 저걸 그대로 보내면 내가 오늘의 이 일을 또

당할 거라는 생각이 번개처럼 머리를 내리쳤다. 죽여야 한다고 생각했다. 그놈이 해골에 맥주병을 맞고 쓰러지는 모습을 보려고, 그걸 목표로 온몸이 움직였다. 빡빡이는 빨랐고 내가 던진 버드와이저 병은 그놈을 비껴가 어느 집 차고 문에 맞아 산산조각 났다. 흥분과 분노로 온몸을 벌벌 떨며, 문 앞에 던져놓은 가방을 다시 챙겨서 현관 안에 들어서니 엄마와 아빠가 즐겁게 TV를 보는 중이었다. 내가 누군가를 죽여야만 되겠다고 밤길을 뛰던 와중에 문 하나 안쪽의 환한 거실에서 무언가 재미있는 것을 보다가 태연히 나를 올려다보는 가족을 믿을 수 없어서 나는 내가 그렇게 죽어라고 비명을 질렀는데 안 들리더냐고 소리쳤다. 3미터 거리도 채 되지 않는 대문 밖에서 내가 지른 지옥에서 울려 나오는 소리를 못 들었을 리가 없는데, 엄마와 아빠는 왜 비명을 질렀는지 묻지 않고 나더러 "기집애가 어디서 큰 소리를 내고 부모에게 박박 대드냐"고 했다. 아빠는 특히 격렬하게 나를 비난했다. 당시의 남자친구는 나를 무척 걱정해주었지만, 지구대에 전화하고 경찰서에 직접 가서 순찰을 강화해달라고 요청했지만, 끝내 질문 하나를 참지 못했다. "근데 그날 짧은 거 입었었어?"

　　늦게 기가하는 날 병맥주를 사게 된 것은 그날부터

같이 살기

였다. 아무리 일상이 평온하고 날씨가 좋고 벚꽃이 떨어지고 하는 날이라도 가방 속에 맥주병을 품고 걸었다. 가부장이나 가부장 트랙의 로맨틱한 관계가 나를 도와주기는커녕 되레 그 무능력을 숨기기 위해 나를 제물 삼으리라는 사실을 깨달았기 때문이다. 포식자가 아무리 잔인했어도 그들이 "그런데……" 하고 돌아서서 나를 손가락질할 것을 알았기 때문이다. 내가 울지 않았기 때문에, 내가 술을 먹었기 때문에, 내가 씨발놈아 좆같은 새끼야 큰 소리로 욕하는 여자이기 때문에, 분노하는 여자이기 때문에. 그러나 나는 그렇게 해서 내가 살아남았다고 확신한다.

세월이 이만큼 지나 여자들로 서로 벽돌이 되어, 우리를 보호하는 성벽을 쌓는 게 가능하다는 걸 알았다. 그 체계가 가장 안전하다는 걸 알았다. 옳은 그룹을 만나면 가족이 전원 마동석으로 구성된 것보다 안전하게 느낀다는 것을 깨달았다. 그래서 이제야 도달한 나의 동지들 덕에 나는 숨 쉬는 일이 한결 편해졌다. 그들은 "네가 참아, 그러다 큰일 나면 어쩌려고 그래"라 말하지 않는다. 던지고 때리고 아주 죽여버리려고, 죽느니 죽이겠다고 무술을 배운다. 그래서 "계집년들 젖이 어쩌고" 하며 지나가는 영감탱이와 길에서 소리 지르고 싸울 때 나는 이제 미친년이 아니고 또라이가 아니다. 지금부터 우리는 함께 살아남아 죽은 여자들과 산여자들에게 증인이 될 것이다. 나는 그 어떤 정의로운 남자도 이 싸움을 이해하지 못할 것을 안다. 나는 종래에는 그들이 모두 자기 자신의 편임을 안다. 나에게는 여자들이 있다.

거리 유지는
중요하다

어떤 관계도 완벽할 수 없으며 영원할 수도 없다. 최근 들어 많은 에세이가 '친밀하고 느슨한 관계'를 강조하는 것도 그래서일 것이다. 매우 선량하고 똑똑한, 세상에 기여할 것이 많은 여자라도 정신적으로 힘들 때 다른 여자를 '감정 쓰레기통'으로 쓰는 일은 정말 흔하다. 조금 친해졌다 싶으면 순식간에 일어나는 일이기도 하다. 사이비 교주를 지극정성으로 모시는 많은 신도가 여자다. 성폭행 혐의가 뚜렷한 남자 연예인을 죽을 결기로 옹호하는 팬의 다수도 여자다. 여자들이 어딘가에 애착과 소속감을 가지면 골수를 빨리기 너무 좋은 상태가 된다. 취약해진다. 여자를 뜯어먹는 사람이 항상 남자는 아니다. 본인 일신의 평안을 위해 상대의 고통을 완전히 차단하는 일은 여자도 능히 할 수 있기 때문이다. 포식자는 혼자인 여자를 금방 알아본다. 혼자인 여자들이 안전망을 간절히 찾고 있다는 것도 당연히 알고 있다. 그 포식자들은 데이트 앱에도 있고 같은 강의실에도 있다. 길을 걷다가도 만나고 자주 상냥한 웃는 얼굴로 다가오기도 한다. 가정에도 있다. 생각보다 많다. 포식자들은 그가 속한 내부 집단부터 뜯어먹은 뒤 바깥으로 나온다. 사이코패스의 범죄 사실이 널리 알려졌을 때에 이미 그 가정은 풍비박산이 난 지 오래고, 마치 숙주를 파먹고 커진 기생충처럼 가장 가까운 사람들의 시체를 뒤에 여럿 남긴다.

자기 자신을 은 쟁반에 받쳐 기꺼이 타인에게 내어주고 한 떨기 꽃처럼 가만히, 침묵하고 희생하는 여자의 삶이 수백 년간 낭만화되어온 사회에서 온전히 내 정신인 여자는 아직 없는지도 모른다. 당연히 나 포함이다. 그래서 나는 나를 포기하고 어딘가에 투항하고 싶은 강렬한 충동이 들 때마다 반대 방향으로 뛰었다. 남자친구에게 매달리고 싶어지면 짐부터 싸서 인천공항으로 뛰었다. 결혼해서 남들처럼 살라고 말하는 원가족이 버거웠던 20대에 모은 돈을 모두 끌어모아 유학 준비를 했다.

스스로가 제정신이 아닌 것 같을 때, 타인에게 나의 무게를 너무 맡기기 시작했다는 생각이 들 때 타인과 나 사이에 물리적, 정신적인 거리를 두는 것은 여자와의 관계에서도 좋은 전략이라 나는 믿는다. 헤어지기 위함이 아니라 다시 중심을 잡고 건강해지기 위해서다.

내가 이제까지 만난 여자들과 항상 웃고 떠들고 즐거운 꽃밭만 걸었던 것은 아니다. 내게서 멀어진 여자들도 있고 내가 밀어낸 여자들도 있었다. 이웃이자 친구로 가까이 지낸 지 2년이 넘은 슈슈와도 서로 빈정이 상해 얼굴도 안 쳐다보고 헤어진 날이 있었다. 내가 미래에 대한 거창한 계획을 세우며 실컷 쳐댔던 설레발을 혼자서 슬그머니 철회해버린 일도 있었다. 가까운 앞날에 대한 약속을 공수표처럼 날렸다가 기어들어가는 목소리로 시작하는 전화 통화 한 번으로 무마하면서, 침묵 속에 무엇보다도 무겁게 울리는 상대방의 말 없는 실망을 한 단어도 빼놓지 않고 들었던 날도 있었다. 지금 살고 있는 연남동 방을 빼고 비스킷을 데리고 미미와 고고가 사는 서울 북쪽의 집으로 들어가 남는 방에 살겠다고 했던 작년처럼 말이다. 미미는 내가 쓸 작은방을 비워준다며 책장까지 거실로 들어냈었다. 그리고 여전히 머릿속이 복잡했던 내가 결국 몇 주 후에 미미와 상의도 없이 그냥 살던 집의 계약을 연장하겠다고 번복했을 때 미미는 화 한번 내지 않고 알겠다고 답했다. 나 같으면 짜증을 내도 몇 번은 냈겠지만, 우리가 정말 같이 살게 되고 지금보다도 가까워지면 "언니, 그때 사실 좀 짜증 났어"라고 미미가 털어놓을 수도 있겠지만 어쨌든 미미도 고고도 나의 변덕을 나무라지 않았다.

갈등이 생길 때마다 나는 사정을 정확히 설명하고 분명히 사과하고 무엇보다 상대에게 충분한 거리를 제공한다는 원칙을 세웠다. 나를 빨리 용서하라고 닥달하지 않고 혹은 어떻게 하면 좀 과장을 보태 전부 내 책임은 아닌 것처럼 만들까, 어떻게 하면 불쌍하게 보일 수 있을까 하는 비열한 트릭을 쓰지 않고 오직 정직하게 나의 과오를 마주하기로. 반대의 경우라면 화가 났을 때 바로 반응하지 않고 최소 하루 침묵의 시간을 갖기로.

미미와 나는 우리가 십 년 후에도 여전히 친구라면 그리고 같은 하늘 아래 살고 있다면 개들이 뛰어놀 만한 큰 마당이 딸린 집을 함께 얻어 살 생각을 하고 있다. 이미 살림을 합치자고 했다가 그만둬버린 입장이니 미미가 나를 얼마나 신뢰하는지는 모르겠지만 우리의 어렴풋한 미래 계획에는 파주나 양평이나 또 어디든 개들이 마음껏 뛰고 땅을 파헤칠 수 있는 넓은 이층집이 있다. 거기엔 고고도 있고 슈슈도 있어서, 넷이 전부 함께 살 수 있을지는 모르겠지만 일단 바닥에 드러눕고 보는 비스킷도 새침한 일진인 다나도 시끄럽고 무섭고 귀여운 유부도 잔디 위에서 뛰놀고 있다. 개들이 너무 나이 먹기 전에 그런 그림 같은 집에서 함께할 수 있기만을 바랄 뿐이다.

딸들끼리
인간이
되어보자

나는 자식을 원하지 않는다. 재생산이 인간의 본능 혹은 권리라 느낀 적도 없다. 인류가 지구와 맺은 관계의 양상을 보면 이제 한개 인간으로 살다가 한개 인간으로 정직하게, 아무것도 더 만들거나 낭비하지 않고, 특히 나와 닮았을 거라는 이유만으로 인간을 더 만드는 일을 하지 않고, 홀로 존엄하게 가는 일이 진지한 선택으로 받아들여져야 한다고 믿는다. 아마존의 삼림은 초 단위로 사라져가고 있고 십 년 후면 북극해에는 얼음이 사라졌을 것이다. 지금 인류의 죄는 이미 도착한 자들이 대속해야 한다. 이후에 올 사람들에게 언제까지 떠넘길 수는 없다. 인류는 딸들을 제대로 대접하지 못했다. 한 번도 그런 적이 없다. 남자를 선택하지 않고 어버이를

같이 살기

잊고 딸들끼리 인간이 되어보자고 결심하는 첫 세상이다. 죽음이 인간에게 가장 두려운 것이라면 재생산 없는 진정한 죽음을 품고, 혈육에게 물려줄 계산서를 주렁주렁 찍어내지 아니하고 애정을 볼모로 삼아 추태를 부리지 아니하고 오로지 순수한 암전을 죽음 후에 올 보상으로 알고 거칠 것 없이 나아가는 진짜 인간, 여자로서 살 것이다.

　　내가 10대 남자애처럼 집을 나온 지 3년이 흘렀다. 왜 10대 여자애가 아닌 남자애냐면 집을 나가는 10대 여자애는 나처럼 고함을 지르고 나오는 사치를 누리지 못할 것이기 때문이다. 10대 여자애가 집을 나오는 건 여러 의미로 가장 막막한 상태에 몰려서일 것이기 때문이다. 그는 아마 반격의 소리를 지를 수 있는 존엄조차 빼앗긴 채로 몰래 도망가는 중일 것이어서다. 대부분의 여자애가 그렇게, 떠나는 게 아니라 손쓸 수 없는 상황에 몰려 조용히 사라지기 때문이다. 그래서 어린 내가 매일매일 죽고 싶고 책상에 머리를 찧으면서도 차마 집을 나가지 못한 것일 테다. 남동생이 인문계에 진학하기 싫어서 맞춤법 틀린 쪽지를 남기고 집을 나간 날 엄마는 울며불며 학교 앞에 진을 치고 있다가 동생을 찾아왔지만, 3일 만에 돌아와 아직도 씨근거리고 있던 아들을 너무도 소중하게 품어주었지만 내가 집을 나가면 엄마는 날 찾지 않을 것임을 알았다. 다 늦어 가족을 떠났을 때는 이미 모든 것이 제때를 넘긴 후였다. 분노를 이해받거나, 상으로 주어지지 않는 종류의 순수한 친밀함을 제공받거나, 노력이나 성과에 대한 승인을 끝내 쟁취하지 못한 채로 사춘기를 지나 신체의 노화가 찾아오는 시점까지 그 갈구를 질질 끌었고, 내가 영영 가질 수 없는 것들을 원하고 있다는 깨달음을 얻고 그제서야, 귀엽지도 안쓰럽지도 않은 나이에 집을 나왔다. 모두와 연락을 끊었다.

그리고 3년이 지났다. 털실 목도리를 콘크리트 바닥에 깔고 잠들었던 밤을 생각하면 지금 내가 이 정도의 생활을 꾸리고 개를 가족으로 들이고 무엇보다도 사람들을, 날 안전하게 느끼게 하는 여자들을 주변에 잔뜩 가지고 있다는 게 너무도 신기하게 느껴진다. 아무래도 혼자 했다고는 생각할 수 없다. 나는 인생의 2막을 모두 여자들에게 빚졌다. 그들과 함께한 모든 끼니와 낮과 밤과 술자리와 웃는 얼굴과 고갯짓으로 나는 살아남아 번영하고 있다. 이제 나는 내가 어디로 가면 살지를 안다.

같이 살기

나는
거대한 건축물을
바라보고 있다

시야에 다 들어오지도 않게 거대한 이것은 인간의 문명이다. 질병에 속절없이 말라죽거나 서로의 언어를 이해하지 못해 먼저 찔러 죽이는 자가 이기던 시절로부터 사람이 태평양을 건너 서로를 구하러 가는 지금까지, 물방울로 바위를 갈아내는 끈질김으로 이룩해온 기괴하고 눈물겨운 건물이다. 먼지가 부옇게 낀 바닥부터 햇빛이 날카롭게 반사되는 꼭대기층의 유리창까지 모두가 조금씩 기울었다. 나는 어디선가 문짝이 떨어지고 기둥이 빠지는 소리를 듣는다. 모든 것이 조금씩, 그러나 확실하게 무너지고 있다. 이 무너지는 한가운데서 나는 사람을 찾는다. 모세처럼 누군가를 구출해서 나갈 수는 없지만 그저 있다는 것만으로 서로

가 서로를 덜 외롭게 할 한 줌의 홀로 선 사람들, 여자
들을.

같이 살기

나가며

이 책을 쓰는 동안 정말 많은 일이 있었다. 중국 우한에서 시작된 코로나 바이러스가 번지며 나는 강의실을 닫았다. 경의선 철길을 따라 비스킷과 걸어 출퇴근하던 조용한 기쁨은 전생의 일처럼 느껴지는 추억이 되어버렸다. 모든 수업을 온라인으로 전환했다. 와중에 집에서 보내는 시간이 이전보다 많아진 김에 보호소에서 안락사를 기다리는, 가엾은 개의 목숨을 하나 구하는 게 좋겠다는 생각이 들었다. 전남 영암에서 인삼밭 지키는 개와 싸우다 잡혀 들어왔다는 떠돌이 개를 임시 보호하기로 했고, 실물이 디즈니 캐릭터처럼 예쁜 그 개는 아무도 모르게 임신해 있었고, 나의 작은 원룸에서 세 마리의 강아지를 낳았고, 전 세계를 잠식한 전염병이 마치 가라앉지 않는 원폭의 분진처럼 꾸준히 순환하며 사람들을 죽거나 다치게 하는 와중에도 바다 건너 샌프란시스코의 친구는 결혼하여 둘이서만 손을 붙들고 시청에서 혼인신고를 올린 날 마스크를 쓰고 찍은 기념사진을 보내왔고, 파리에 사는 친구는 이혼을 축하해달라는 인스타그램 메시지를 보냈다. 병원체가 적응하는 것처럼 사람들도 적응했다. 갈 데 없는 유동성과 정부 정책을 연료 삼아 부동산이 폭등했다. 서울 아파트 가격이 두 배로 뛰는 와중에 6평짜리 원룸에 숨어 사는 것에 그

럭저럭 만족하던 나조차 갓난 강아지 세 마리가 도착한 다음에는 더 큰 집이 필요하다는 것을 알았다.

그리하여 나는 지금 내 깜냥에는 너무도 버거운, 조그만 마당이 딸린 경기도 파주의 집을 사기 위해 수협 은행 대출 서류에 자서를 끝낸 후 나를 데리러 와줄 친구들을 기다리며 이 후기를 적고 있다. 중형견 비스킷은 항상 자기의 작지 않은 몸뚱이를 아무도 건들지 않을 안전한 구석을 찾아다니는데, 갓난쟁이들이 걷기 시작하며 그런 공간은 어디에도 없게 되어버렸다. 공간, 공간, 우리가 숨 쉴 공간이 절실한 나는 슈슈와 그의 여자친구 그리고 두 강아지가 행복하게 살고 있는 그들의 방 두 개짜리 집에 피난하듯, 간밤의 도둑처럼 문득 들이닥쳤다. 집에 누군가를 들여 몇 주씩 같이 생활하는 것이 얼마나 피곤한 일인지 나도 알기에 지붕 없는 버스 정류장에서 맞이한 우박 같은 강아지들의 탄생을 응급 상황으로 이해해준 슈슈가 더욱 고마웠다. 갑작스러운 합가에 스트레스 지수가 올라간 강아지들의 간식을 챙겨주며, 가끔 손가락을 물려가며 하루하루 정신없이 버텼다. 집을 알아보고, 대출을 알아보고, 서류를 만들고, 와중에 강의하고, 만기 이전에 이사 나가게 된 월셋집의 새 세입자를 구하고, 새벽에 깨서 울어대는 강아지들의 오줌을 치우고 또 치우며, 나는 생애 처음으로 집을 가져보기 위해 분투하는 중이다.

그리고 잠깐씩 짬이 나면 한강 공원에서, 애견 운동장에서, 길거리에서 개모임은 조금씩 확장되었다. 서울 연남동과 목동과 경기도 일산에 사는 개 주인들과 친해졌다. 개를 키우는 싱글 여자들이 이렇게 많을 줄 몰랐다. 마치 코트 안에 몰래 표식을 숨겨 다니는 요원들처럼 우리는 서로를 발견하면 반가웠다.

내 삶은 언제까지나 싸움일 것이다. 주로 나 자신과의. 이제 나는 그것을 받아들였다. 그리고 여자들과 나는 변두리에서 주류로 편입하는 싸움이든, 변두리를 밀어내 새로운 삶의 형태를 개척하는 싸움이든 무엇이되었든 우리의 전투를 계속할 것이다. 돈을 벌고 운동하고 대출을 받고 빚을 갚고 운전면허를 따고 중고차를 사고 대학원에 진학하고 자산을 증식하며, 때로는 직장을 그만두고 사업을 시작하고 실패하기도 하면서, 우리 중 누구도 쥐도 새도 모르게 희미해져 사라져버리지 않도록 서로를 살필 것이다.

2021년 2월 허새로미